APOGRAFFITI

Impressum

Herausgeber: ÖSTERREICHISCHES LITERATURFORUM
A-3500 Krems, Althangasse 2/2
Lektorat und Gestaltung: Johannes Diethart
Photomontagen: Anita Weiss-Gänger

Druck: Maro-Druck, D-86153 Augsburg
Riedingerstraße 24

Krems an der Donau und Wien 2001

ISBN 3-900860-15-7

Gedruckt mit Unterstützung des Bundeskanzleramtes
und der Kulturabteilung der Stadt Wien

Die Martinskapelle zu Assisi

Man schrieb den 26. März 1331. In einer eher schäbigen Herberge, nahe der alles überragenden Burg der Stadt Assisi, wartete ungeduldig ein älterer Mann auf die Neuankommenden. Immer wieder stand er auf, um vor die Tür zu treten und entlang der steil nach unten führenden Gasse zu blicken. Doch alles, was er sah, waren die sich aneinander drängenden Dächer Assisis. Die Stimmen, die er vernommen hatte, gehörten zu Bürgern der Nachbarschaft. Endlich, als bereits Dunkelheit sich über die Stadt ausgebreitet hatte, betraten drei junge Männer die Herberge. "Na also, da seid ihr ja", rief der Mann und stand auf, um sie zu begrüßen: "Ich habe schon den ganzen Tag auf euch gewartet." Mit Wohlgefallen betrachtete er seine Gäste, insbesondere das Brüderpaar, von dem er schon so viel gehört hatte. Das ist sie also, dachte er, während die Jungen von ihrer Reise aus Siena erzählten, das ist die junge Generation, die dem alten Duccio nachgefolgt ist. Sein eigener Lehrer, der Maestro Cimabue, fiel ihm ein. Wie viel hatte sich seit diesen beiden geändert! Duccio und Cimabue gehörten noch zwei von einander getrennten Welten an. "Wer von euch beiden ist Pietro?", fragte er schließlich, sich an das Brüderpaar wendend. "Ich", lachte ihn einer der Jungen an, "und das ist mein kleiner Bruder, der Ambrogio", obwohl ihn der Besagte fast um einen Kopf überragte. "Und ich bin der Simone", fügte der Dritte hinzu, "und, Gott sei Dank, nicht mit diesen beiden Wirrköpfen verwandt." Alle lachten übermütig.

Die anderen Gäste in der Herberge musterten mißlaunig den Alten mit seinen jungen Freunden.

"Wer ist denn der Alte?", fragte endlich einer von ihnen heimlich den Wirt. "Das ist der Giotto di Bondone", antwortete dieser voll Stolz, so berühmte Leute zu seinen Gästen zählen zu dürfen. "Und die anderen müssen wohl die Brüder Lorenzetti sein und der Martini aus Siena, von denen es heißt, sie würden einen weiteren Teil unserer Kirche zum Heiligen Franziskus bemalen."

2

Am nächsten Morgen standen Simone, Pietro und Ambrogio tief beeindruckt in der Oberkirche vor dem Freskenzyklus zur Franzikuslegende. "Nicht alles ist von mir", gestand Giotto, "ich habe viele Helfer gehabt. Hier zum Beispiel, beim himmlischen Stuhl für den San Francesco, stammt nur die Skizze von mir. Den Rest besorgten meine Gesellen. Auf die Vertreibung der Dämonen aus der Stadt Arezzo", fügte er hinzu, "bin ich allerdings schon sehr stolz!" Den Stolz gestanden ihm selbst die kritischen Jungen zu und bewunderten neidlos das überragende Genie des Alten, der die Stadttürme Arezzos den fliehenden Dämonen fast nachfliegend darstellen konnte. Schließlich folgten sie dem Alten in die Unterkirche.

Dort standen überall Gerüste herum. Auf einem saß ein Mann und malte tief versunken beim Schein einiger Kerzen. Man sah im Dunkeln rund um ihn Szenen aus der Mariengeschichte. Die Kerzen beleuchteten einen Teil der Flucht nach Ägypten.

"He, Giovanni", rief ihm der Alte zu, "komm herunter und begrüße die Neuankömmlinge!" Als er ihnen gegenüberstand, meinte der Alte scherzhaft: "Wir nennen ihn den Maestro delle Vele, den Meister der Segel, weil seine Phantasie so beflügelt ist, und auch, weil er beim Arbeiten kaum zu stoppen ist." Dann deutete er auf leere Wände an der linken Seite der Kirche. "Dies wird euer Arbeitsplatz sein", teilte er den Brüdern mit. Pietro und Ambrogio sahen sich neugierig um, den Lichteinfall und die archtektonischen Randbedingungen genau überprüfend. Schließlich ließ Ambrogio seinen Sack vor einer Wand fallen. “Da fangen wir an!” meinte er und sah seinen Bruder fragend an. Wie immer waren sie ohnedies derselben Meinung.

Den Simone führte der Alte in eine Seitenkapelle. “Diese Kapelle wird finanziert aus dem Nachlaß des Kardinals da Montefiore, der dem Orden überaus verbunden war”, bemerkte er und fügte hinzu: “Ich hoffe, ich werde das Resultat deiner Bemühungen noch erleben. In dich setzte ich die allergrößten Hoffnungen. Meine Kapelle, die Magdalenenkapelle, an der ich gerade arbeite, liegt übrigens gleich da drüben.”

3

Als der Alte am nächsten Vormittag in die Unterkirche kam, bemerkte er Ambrogio schon eifrig beim Farbenreiben, während Pietro damit beschäftigt war, mit einem Zollstock die Wände zu vermessen. In Simones Kapelle brannte dagegen eine einzige Kerze. Simone saß auf einem alten Sessel, den Kopf in seine Hände vergraben. Vor ihm lag ein zerfleddertes Buch. Giotto wußte, das konnte nur die *Legenda Aurea* sein, die unabdingbare Reisebegleitung des Jacobo de Voragine durch die Legenden der Heiligen.

“Geht's dir nicht gut?” fragte er besorgt seinen jungen Kollegen.

“Doch, doch”, antwortete dieser, sich aufrichtend, “aber ich male am Anfang zunächst einmal im Kopf, ich träume meine Bilder. Bevor ich noch einen Pinsel in die Hand nehme, muß ich mir über alle Details im Klaren sein. Selbst die Farbtöne müssen erträumt werden. Ich werde übrigens die Geschichte des Heiligen Martin darstellen. Vielleicht, weil er der Schutzpatron des San Francesco war, vielleicht aber auch, weil er ein Heiliger aus fremden Landen ist. Aus einem Land jenseits der Gebirge, aus einem Land, das einmal eine unbedeutende Grenzprovinz des römischen Reiches war. Mich hat schon immer der Name jener

Provinz, Pannonia, fasziniert", fügte er – sich fast entschuldigend – hinzu.

Der Alte erschrak in seinem Innersten. Die Legende des Heiligen Martin, dachte er, das ist absolut neu. Noch nie zuvor hatte ein Maler sich an dieses Thema gewagt, noch wäre es ihm eingefallen. Erträumte Farben! Wer ist dieser junge Mann denn, von dem man sagt, er habe als Junge dem alten Duccio die Farben gerieben? Hatte er bereits beim Reiben der Farben geträumt? Geträumt von der unterschiedlichen Kraft eines Gelb oder eines Blau?

"Hast du irgendwelche Malutensilien mitgebracht?" fragte er etwas hart.

"Meine Mittel haben gerade für die Reise von Siena hierher gereicht", stellte der Junge bedauernd fest, "von meinem ersten Geld werde ich Farben kaufen, sollte der hochvermögende Kardinal Montefiore auch an die Künstler gedacht haben."

Da schossen wieder väterliche Gefühle beim alten Giotto ein. "Nimm von meinen in der Zwischenzeit!" bemerkte er fast zu freundlich, "wer weiß, wann die geistlichen Herren an deine finanziellen Nöte denken werden." Ein bißchen Angst vor dem jungen Konkurrenten blieb allerdings in ihm stecken, eine Art unterbewußter Argwohn.

4

"Verdammt!" rief Pietro von seinem Gerüst herunter. "Die ewigen Heiligenscheine gehen mir fürchterlich auf die Nerven. Heiligenscheine, nichts als Heiligenscheine! Ich wünschte, wir könnten gelegentlich auch etwas anderes malen." Das Echo ließ nicht lange auf sich warten.

"Verdammt, verdammt", äffte ihn Ambrogio nach und hüpfte wie ein Gnom auf und ab. Doch dann kletterte er behende wie eine Katze auf das Gerüst und schwang sich hinauf zur entstehenden Szene des Einzugs in Jerusalem. Mit einem Stück Kohle skizzierte er mit wenigen Strichen eine nackte Frau inmitten der Menge der Zuschauer, und einen Buckligen, der die Zunge herausstreckte.

"He, Pietro, Bruderherz", rief er von oben herab, "der da kannst du ja Kleider und einen Heiligenschein verpassen, wenn du willst, oder du läßt sie so, wie sie ist, wenn du dich traust." Alle lachten, selbst der fromme Giovanni, der am liebsten Marienbilder malte.

"Mir geht es auch manches Mal so", gestand Simone. "Mich beengen allerdings weniger die Heiligenscheine als die fixen Vorstellungen unserer Auftraggeber. Da kommt so ein Domherr, bestellt eine Maria mit Kind und beschreibt dir haargenau, wie die Szene aussehen soll. Selbst beim Hintergrund werden noch Wünsche geäußert. Am meisten verärgern mich aber Auftraggeber, die sich klein, aber unübersehbar, als Stifter mit dem jeweiligen Heiligen darstellen lassen. Sollen sie doch gleich ein Portrait bestellen, der Heilige Sebastian darf ja doch nur milde auf sie herablächeln! Und kein Detail darf vergessen werden. Sind wir Malmaschinen, die nur mehr über Farbtöne entscheiden dürfen? ... . 'Hier an dieser Stelle rate ich ihnen ein kräftigeres Rot an, und nicht das Karmesinrot, wie ihre Frau Gemahlin es sich wünscht'." Beim letzten Satz imitierte er die schmeichelnde Stimme eines Gewölbegehilfen.

Giovanni war Simones Bemerkung sichtlich unangenehm. "Aber wir malen doch auch, um unseren Glauben auszudrücken! Wir tun dies, weil uns Gott diese Gabe gegeben hat, weil nur wir die Wunder Gottes, die Wunder der Heiligen, ihre Geschichten, in Bilder übersetzen können. Für mich ist es einfach beglückend, die Gelegenheit zu haben, etwa eine Madonna in Trono darstellen zu dürfen!"

Pietro sah ihn mißtrauisch an und sagte dann: "So, und welches Gesicht gibst du ihr? Verleihst du ihr die Züge deiner Nachbarin, deiner Geliebten? Ist es eine aus Umbrien oder aus der Toskana? Ein herbes Bauerngesicht, das gepflegte Aussehen einer Adeligen? Und was tust du, wenn man dir bloß die Anzahlung gibt und den Rest bis auf den St.Nimmerleinstag schuldig bleibt, etwa weil jener Domherr, von dem Simone gesprochen hat, vielleicht zu viele andere finanzielle Verpflichtungen hat? Bist du wirklich so weltfremd oder bloß ein Narr in Christo?" Und weil sie schon so schön im Streiten waren, ergab sich ein Thema nach dem anderen. Die alte Konkurrenz zwischen Siena und Florenz wurde dabei genauso ausführlich und heftig diskutiert wie die ewigen Streitigkeiten zwischen Assisi und Perugia. Giovanni war zwar ein begnadeter Künstler, jedoch auch zugleich ein besonders naiver Mensch. Die anderen ließen ihn deshalb von einer Falle in die nächste tappen, und jedes Mal mußte er argumentieren, bis er nicht mehr weiter wußte. An diesem speziellen Tag wurde er vom Alten gerettet, der ihnen allen ziemlich erbost mitteilte, daß er sie zum Malen und nicht zum Diskutieren engagiert habe.

5

Monate vergingen. Assisi stöhnte unter der Sommerhitze. In der Unterkirche dagegen war die Temperatur äußerst angenehm, und sie hatten hervorragendes Licht. Nur langsam ging die Arbeit voran. Al Fresco bedeutet schließlich, daß man immer nur einen bestimmten Flecken fertigstellen konnte. Dazu kam die Mühsal mit der Farbenpräparation. Zwar hatten alle junge Gehilfen gewonnen, aber letztlich schien ihnen nichts gut genug. Die Pigmente wurden nicht genug fein verrieben, mitunter gab es auch Stillstand für etliche Tage oder gar Wochen, wenn einer der Grundstoffe nicht rechtzeitig bestellt worden war. Giotto kümmerte sich kaum um die anderen. Schließlich hat jeder Künstler das Recht, an einem fertigen Werk gemessen zu werden, befand er, und nicht an Teilstücken.

Ende des Sommers ergab es sich, daß Simone Martini einen Auftrag für ein Tafelbild erhielt und deshalb auf einige Zeit seine Arbeit in Assisi unterbrechen mußte. Solche Unterbrechungen stellten nichts Besonderes dar: kaum ein Künstler konnte lediglich von einem Auftrag leben. Gegen seine Überzeugung, und sich fast wie ein Dieb fühlend, betrat Giotto eines Morgens die Martinskapelle. Und was er dort sah, versetzte ihn in große Unruhe. Er lief in seine Kapelle. Armselig erwies sich diese, verglichen mit den paar Flecken, die er von Simone gesehen hatte. Zorn kam in ihm herauf. Zorn gegen Martini, Zorn gegen sich selbst. Noch einmal in die Martinskapelle wechselnd, bemerkte er schließlich, was den Zorn in ihm schwellen hatte lassen. Martinis Künste war zumindest so gut wie seine eigene, bloß wesentlich weicher, wärmer.

Wie ein Irrer begann er zwischen den beiden Kapellen hin und her zu laufen. Giotto fühlte sich tief verletzt, betrogen. Wer ist dieser dahergelaufene Martini schon, der es offensichtlich darauf anlegte, ihn, den großen Meister, zu verhöhnen? Wutentbrannt verließ er die Unterkirche und die Stadt, ziellos in den umgebenden Hügeln herumirrend. Gleich morgen gehe ich zum Prior und verlange, daß man die Martinskapelle neu beginnt. Ich werde verlangen, daß man umgehend Simones Geschmiere abkratzt. Ich selbst werde die Ausmalung dieser Kapelle übernehmen, redete er sich selbst zu. Wenn es sein muß, verwende ich sogar die Legende vom Heiligen Martin. Den Lorenzetti-Brüdern würde er sagen, daß Simones Malerei nicht den hohen Anforderungen genüge, die an die Unterkirche gestellt werden.

Giotto verspürte weder Hunger noch Durst, bloß zunehmende Müdigkeit. Die spätsommerliche Hitze ließ Schweiß über sein Gesicht laufen. Die Sonne brannte unbarmherzig auf die ausgetrockneten, braunen Hügel. Erst am späten Nachmittag trat er völlig erschöpft und verzweifelt den Heimweg an.

Erschöpft fiel er auf sein Bett. Ein "Ich träume die Farben", bohrte sich in seine Gedanken. Wenn er, Giotto di Bondone, die Augenlider schloß, dann war da nichts, dann sah er lediglich perfektes Schwarz. Keine Farben, Farbtöne, Farbnuancen. Und erst recht keine Details von irgendwelchen Bildern. Selbst seine letzte Arbeit in der Magdalenenkapelle hatte er nur sehr lücken- und schemenhaft in Erinnerung. Dieses "Ich träume Farben" ließ wieder den Zorn in ihm aufsteigen. Seine völlige Erschöpfung gestattete ihm jedoch nicht die Wohltat des Schlafes. Er wälzte sich hin und her.

Schließlich erwachte er wie gerädert aus einem bleiernen Schlaf. Draußen fing es an, hell zu werden. Voll Unruhe rannte er wieder vor die Tore der Stadt, zu seinem Hügel, zu jenem Platz, den er in den letzten Jahren so oft aufgesucht hatte, um sich von der anstrengenden Arbeit auf den Gerüsten zu erholen. Er setzte sich nieder und starrte vor sich hin. Recht geschah ihm, schimpfte er mit sich selbst. Aus Eitelkeit hatte er die Jungen geholt, um seine eigene Kunst auch über die neue Generation triumphieren zu lassen. Und nun blieb ihm nur die Schande, den mutwillig bestellten Konkurrenten zu unterliegen. Vermutlich erwiesen sich selbst die Lorenzetti-Brüder besser als er, und zwar jeder einzelne von ihnen.

Langsam ging die Sonne auf und überzog die Landschaft mit einem zarten Rot. Irgendwie fasziniert betrachtete er am Rande das Schauspiel. Und dann sah er sie plötzlich, die weichen, warmen Farben des Simone Martini. Plötzlich sah er das weiche, warme Licht, das die Dächer und Mauern der Stadt Assisi umspülte. Er sah die vorsichtigen, zarten Schatten der zeitlichen Morgensonne. Er sah das Ockerbraun der Hügel, ja, selbst die vereinzelten Zypressen standen in einem blaßgrünen Kleid da.

Giotto atmete tief. All die Unruhe und der Zorn der letzten Stunden fiel mit einem Schlag von ihm. Simone Martini war ein Giotto des Morgenlichts! Je höher die Sonne stieg, umso mehr fühlte er sich in seiner Meinung bestärkt. Nun, da die Sonne bereits hoch am Himmel stand, verspürte er wieder die Nähe seiner Farben, seiner strengen Schatten. Ein Giotto des frühen Morgens, ein Giotto der weichen Farben, aber ein Giotto, stellte er mit großer Befriedigung und Genugtuung fest. Licht einer anderen Tageszeit, Licht eines Wachtraumes, und nicht Furcht vor dem Neuen, das war Simone Martini. Scham über seinen eigenen Zorn ließ plötzlich sein Gesicht erröten. Diesen jungen Mann, der sich so sehr mit ihm, Giotto, identifizierte, hatte er noch vor wenigen Stunden verflucht. Einen, der ihm näher stand als sein eigener Sohn! Er erhob sich. Eine gähnende Leere in seinem Magen machte sich durch lautes Knurren bemerkbar. Überglücklich schlenderte er von seinem Hügel herab und zur Stadt Assisi hinauf.

6

An diesem Morgen besuchte er auch die Brüder Lorenzetti und sah ihnen sehr lange bei der Arbeit zu. Wahre Meister ihres Faches, mußte er neidlos zugestehen; sie beherrschten die Kunst des Freskos perfekt. Und dennoch, ihre Darstellungsweise, ihr Stil, vermittelte lediglich Nähe zur alten Sienaschule. Natürlich malten sie ungleich besser als Giovanni mit seinen langweiligen Marienszenen. Aber bei Pietro und Ambrogio sprach nichts von der aufregenden neuen Zeit, die sich anbahnte. Vielleicht ist dies ungerecht, dachte er sich, vielleicht ist Tradition ein wesentlich stärkeres Ausdrucksmittel als Vermutungen um eine neue Zeit. Vielleicht ist das, was sie darstellen, genau das, was die geistlichen Herren sehen wollen, und was sie letztlich auch bestellt hatten. Wahrscheinlich, nein, ganz sicher, spricht es vor allem das Volk an, das schließlich hierher zum Beten kommen soll. “Sehr schön”, sagte er endlich zu den beiden, “euch geht zu Recht ein großer Ruhm voraus.” Die beiden Brüder hatten nichts anderes erwartet.

Als Simone Martini nach etlichen Monaten nach Assisi zurückkehrte, hatte der Alte die Ausmalung der Magdalenenkapelle bereits beendet.

“Ich habe mir deine Arbeiten sehr genau angeschaut”, begrüßte ihn der Alte, “ich bin sehr beeindruckt von dem wenigen, das man bis jetzt erkennen kann.”

Der junge Mann errötete: “Und ich habe geglaubt, vor Euch, dem großen Meister, nicht bestehen zu können”, antwortete er schließlich verlegen. “Ich bin von hier weggelaufen! Das Tafelbild war mir nicht so wichtig. Ich bin weggelaufen, weil ich euer Schweigen nicht mehr ertragen konnte.”

Da schloß ihn der Alte in seine Arme. Dies ist meine Geschichte vom verlorenen Sohn, dachte er sich, und sagte dann sich räuspernd: “Wir sind beide vor einander weggelaufen, Simone! Wahrscheinlich aus Furcht vor einander, aus Furcht, unsere Ähnlichkeiten eingestehen zu müssen.”

7

Viele Jahre später beschreibt Giorgio Vasari in seinem berühmten Buch über das Leben der großen Meister überschwenglich das Genie des Giotto di Bondone und verliert kein einziges Wort über Simone Martini. Aber Vasari war ein harter Geschäftsmann, der erste kommerzielle Designer der ausgehenden Renaissance, einer, dem weiche, erträumte Farben gänzlich fremd waren, ja gefährlich erscheinen mußten.

Das Geländer des Otto Wagner

Pünktlich um sieben Uhr in der Früh, von Montag bis Freitag, stieg Franz Scheuer in den Bus ein, mit dem er dann bis zum Ring fuhr. Eigentlich kannte er fast alle, die mit ihm zu dieser Zeit den Bus benutzten, und die in der Regel sogar auf denselben Sitzen saßen. Nur selten gab es Neue. Gelegentlich stieg ein Zufallsfahrgast ein, meist jedoch war man unter sich: man begrüßte einander nicht, man schaute aneinander vorbei. Sehr viele seiner Mitfahrgäste lasen Zeitung, manche starrten aus dem Fenster. Die Art der Zeitungen charakterisiert den Streckenverlauf des Busses, dachte er sich immer wieder. Diejenigen, die weiter oben in Döbling eingestiegen waren, hatten vor allem die Presse oder den Standard in der Hand, auch so manche ausländische Zeitschrift konnte man sehen. Erst in Gürtelnähe nahm die Zahl der Kronen-Zeitungsleser und Leser noch lauterer Boulevarddruckerzeugnisse zu. Unten beim Schottentor war dann alles zu Ende, die Masse des morgendlichen Verkehrs saugte alle auf. Im Grunde genommen beendete bereits der Gürtel die Stille und das Schweigen der täglichen Fahrgemeinschaft, fand doch hier der erste große Fahrgastwechsel statt. Hier wurde es laut im Bus.

2

Es war ein Morgen wie viele andere auch. Franz Scheuer saß im Bus auf seinem gewohnten Platz. Halb beobachtete er seine schweigenden Bekannten, halb starrte er, wie andere auch, aus dem Fenster. Es mußte etwa zwei Haltestellen weiter gewesen sein, als ein Mann, mit einem schäbigen, brombeerbraunen Anzug bekleidet, einstieg. Ein schmuddeliges, karriertes Flanellhemd und blau-weiße, vertretene Tennisschuhe vervollständigten sein Äußeres. In der Hand hielt er krampfhaft einen Plastiksack wie einen großen Schatz. Kaum hatte er sich gesetzt, begann er, halblaut mit sich selbst zu sprechen. Sehr undeutlich und hastig. Verärgert blickten die Zeitungsleser auf, die anderen rutschten pikiert auf ihren Sitzen herum. Auch Franz Scheuer spürte eine Mischung aus Angst, Verärgerung und Verstörung in sich heraufkommen. Nicht daß man wirklich verstehen konnte, was dieser Mann da zu sich selbst sprach, aber die morgendliche Stille des Sichignorierens war endgültig vorbei. Ein Aufatmen der ständigen Fahrgäste verbreiterte sich, als der Mann am Gürtel ausstieg. "Das ist doch wirklich eine Zumutung", meinte einer, der sich sonst täglich hinter seiner Presse versteckte. Die anderen nickten zustimmend. Fast schien es, als ob sich ein Gespräch ergeben würde, doch in der Zwischenzeit hatte der Bus die Endhaltestelle am Ring erreicht, und alle verliefen sich in ihren Alltag.

Am nächsten Tag herrschte wieder Ruhe im Bus: man sah in gewohnter Weise aneinander vorbei. Einige Tage lang hatte Franz Scheuer den zu sich selbst redenden Mann vergessen. Doch dann kam er ihm wieder zu Bewußtsein. Spreche ich nicht auch zu mir selbst, dachte er sich, formuliere ich nicht auch Worte, Sätze, Vorhaben, während ich stumpfsinnig aus dem Fenster blicke? Er erschrak. Konnte nur er sie nicht wahrnehmen, seine Worte, sein wenig zusammenhängendes Herumschweifen der Gedanken? Vielleicht konnten es alle bis auf ihn hören? Er sah sich verstohlen im Bus um. Sein Blick blieb an der jungen, eher eleganten Frau hängen, die stets in der zweiten Reihe links saß. Der würde ich auch gerne einmal zwischen die Beine greifen, dachte er bei sich, und ließ im Gedanken seine Hände ihr Kleid hinaufschieben. Franz Scheuer kamen die anderen Männer in den Sinn, die – wie er – für gewöhnlich aus dem Fenster sahen. Redeten sie auch unhörbar vor sich her? Hatten sie ebenfalls im Gedanken ihre Hände zwischen die Schenkel der da vorne geschoben, zumindest für die paar

Minuten, die der Bus bis zum Gürtel brauchte? Und sie selbst? Woran dachte sie? Woran dachten überhaupt Frauen, wenn sie, wortlos und anonym, Männern gegenübersaßen? Würde die Vorstellung so manche nicht auch gelegentlich in die Hose eines zufälligen Fahrgastes greifen lassen? Franz Scheuer konnte sich nicht vorstellen, daß die lautlos gesprochenen Worte, die Gedanken der jungen Frau in der zweiten Reihe, sich nur um Mode oder Beruf drehten. Sind die Worte lautlos, fiel ihm plötzlich ein, weil der Mund, die Stimme, die Stimmbänder der Schnelligkeit der Assoziationsketten nicht nachkommen konnten? Bevor er noch auf die selbstgestellte Frage eine Antwort finden konnte, hatte der Alltag ihn wieder vollkommen in Beschlag genommen.

3

Von nun an konnte Franz Scheuer den Bus nicht mehr benutzen, ohne an den Mann in seinem schäbigen, braunen Anzug zu denken, ohne sich ständig des schleifenden Übergangs zwischen gesprochenen und ungesprochenen Worten bewußt zu sein. An manchen Tagen schien es ihm sogar, als ob einige der Mitfahrgäste die Lippen bewegen würden, geradeso, als ob nur mehr ein kleiner Anstoß zur Formulierung von Lauten fehlen würde. Doch Ton war keiner zu vernehmen. Der Mann da hinten zum Beispiel, in seinem eleganten gestreiften Anzug, der stets den Anschein erweckte, Börsenberichte zu lesen, vielleicht auch, um nach außen hin zu dokumentieren, daß er eigentlich ein Banker ist. Dieser Mann, las er wirklich in der Zeitung, die er wie zum Schutz vor sich hielt? Franz Scheuers Blick blieb wieder an der jungen Frau im Vorderteil des Busses hängen. Ihr Gesicht schien trotz der Schminke und des Make-ups Züge von Bitterkeit und Härte aufzuweisen. Widerspiegelte die Härte in ihrem Gesicht Verachtung?

Verachtung gegenüber Franz Scheuer und den anderen Männern im Bus, die ihr ja doch nur zwischen die Beine greifen wollen? Franz Scheuer schwankte zwischen seinem Recht auf erotische Vorstellung und ihrem Recht auf Verachtung. Stumm manifestierte Rechte, und trotzdem spürbar!

4

Franz Scheuer begann, sich in das Lesen von Morgenzeitungen zu flüchten. Vorsorglich erstand er zwei Zeitungen, bevor er den Bus bestieg. Mechanisch las er über die Schlagzeilen, um sich über die wenigen tödlichen Minuten des Schweigens bis zum Gürtel zu retten. Sehr viel half es nicht, denn immer wieder glitt sein Blick ab und endete an den unscheinbaren und rasch wechselnden Fassaden der Häuser. Sein Frontwechsel zu den Zeitungslesern wurde von diesen mit Wohlgefallen vermerkt und von den aus dem Fenster Starrenden mißbilligt. In Wirklichkeit war er jedoch weder das eine noch das andere. Beim Aussteigen aus dem Bus konnte er sich weder der Schlagzeilen in den Zeitungen erinnern noch der Gassen, durch die der Bus fuhr.

Rein zufällig streifte eines Morgens sein Blick beim Einbiegen des Busses in den Gürtel das grüne Geländer, das, hoch oben, die Stadtbahn außerhalb der Stationen umzäunt. Wie tausendfach aneinander gereihte, geometrisch entartete Masken erschien ihm dieses Gitter. Sich nach innen verdichtende Vierecke, mit einem im Inneren wie zu einem Schrei geöffneten Mund, dachte er sich. Nicht der konkrete Schrei eines einzelnen Menschen, sondern eine Multiplizität von Schreien, unhörbar, weil sie sich gegenseitig zu übertönen suchten. Es begann zu regnen. Auch das noch, dachte Franz Scheuer, obwohl das Wetter hervorragend in seinen Seelenmasochismus paßte.

5

Es hatte die ganze Nacht geregnet, doch jetzt am Morgen, um sieben Uhr in der Früh, erstrahlte alles in der klaren Durchsichtigkeit einer vom Regen gewaschenen Luft. Franz Scheuer machte sich nicht die Mühe, seine Zeitungen aufzufalten. Er wartete ungeduldig auf das Einbiegen in den Gürtel. Und dort sah er, innerlich aufatmend, nicht deformierte Schreie, sondern ein Gesamtkunstwerk aus Stein, Metall, Holz und grüner Farbe. Er sah mit einem Male die Klarheit der Linienführung, er sah das Stationsgebäude, eine Kombination aus Weiß und dunklem Grün. Ein Weiß und ein Dunkelgrün vor einem makellos blauen Himmel. Der Regen hatte die Erinnerung an den Mann, der zu sich selbst sprach, für immer weggewaschen.

"Auf Wiedersehen", sagte er, sich überwindend, zur jungen Frau aus der zweiten Reihe, als alle am Ring ausstiegen. Ihr unerwartet freundliches Lächeln begleitete ihn den ganzen Tag. Er wußte, daß er auch morgen den Mut finden würde, sie im Bus zu begrüßen. Vielleicht sogar, sich neben sie zu setzen . . . .

Nach dem Jüngsten Gericht

Die letzten Fanfaren und Trompetensignale waren verklungen: das Jüngste Gericht war zu Ende. Wochen- und monatelang hatte sich geduldig eine abermillionenlange Schlange von Auferstandenen vor der Waage des Erzengels Michael angestellt. Zuerst die allerjüngsten Toten, und dann langsam und bedächtig die Toten vergangener Zeiten.

In der Tat, der Beginn des Jüngsten Gerichts hatte sich wahrhaft glanzvoll gestaltet: zu seiner Rechten leuchtete das Tor der Gerechten, umsäumt von einem Chor betäubend schöner, singender Engel, das Tor weit geöffnet, um die Auferstandenen aufzunehmen. Der Abgrund zu seiner Linken ließ unendliches Grau erkennen. Grelles Licht umspielte die gefallenen Engel, die sich zur Übernahme der Verdammten eingestellt hatten. Und über allen schwebte ER, der Erlöser, mit weit ausgebreiteten Armen, alle und alles überstrahlend.

Jedoch dieses Strahlen verblaßte bald, und ER ließ entmutigt die Arme sinken im Anblick seiner nach seinem Ebenbild geformten Menschen. Die Millionen in Kriegen Gefallenen waren unübersehbar. Hier standen die Gemarterten und grauenhaft Verstümmelten aus Afrika und Asien, die Überreste der bei Stalingrad Gefallenen, vermischt mit ausgemergelten Ermordeten aus Konzentrationslagern. Zu Hunderttausenden waren sie aus den Massengräbern von Verdun anmarschiert, selbst jetzt noch nach Franzosen und Deutschen getrennt. Frauen mit abgeschnittenen Brüsten und von Granaten aufgerissenen Unterleibern starrten gebannt auf den ungewohnten Luxus, den das Tor der Gerechten versprach.

Seine Hoffnung auf frühere Jahrhunderte verschwand ebenfalls rasch angesichts der Krüppel aus den Türkenkriegen, den spanisch-amerikanischen Eroberungskriegen, den Kreuzzügen. Zwar wurde deren Zahl immer geringer, der erbärmliche Anblick der geduldig auf ihren Schiedsspruch Wartenden änderte sich jedoch kaum. Wegen der wenigen wirklich Guten und wirklich Bösen zahlte sich der Aufwand des Gerichtes kaum aus. Die meisten hätte man zu Tausend gleichzeitig richten können, so ähnlich waren ihre Schicksale.

Nur gelegentlich huschte ein Lächeln über sein Gesicht. Etwa, als die Waage, beladen mit seiner katholischen Majestät, dem Kaiser Leopold, so rasch in die Höhe schnellte, daß der dicke Kaiser in einem großen Bogen direkt ins graue Nichts flog. Auch, als der Heilige Dominicus es nur mit Mühe schaffte, als wahrhaft Gerechter anerkannt zu werden: der Wiegebalken pendelte gefährlich lange um das Gleichgewicht zwischen Gut und Böse.

Doch dann kam alles zu einem Ende. Das Grau der Verdammten schrumpfte zu einem einzigen schwarzen Loch zusammen, die Pforte der Seligen mit all den sie umgebenden Engeln verwandelte sich in einen hell leuchtenden Stern, der eilig dem Zentrum des Universums zustrebte.

Ein letztes Mal überflog eine Kohorte von Engeln die Erde, um allenfalls zu spät Gekommene aufzuspüren. Er erhob die Arme und nahm Abschied von jenem letztlich unbedeutenden Planeten, der schon zu lange seine Aufmerksamkeit in Anspruch genommen hatte. Schließlich folgten er, und mit ihm die restlichen Engel, dem Stern der Seligen nach.

Auf der Erde schien die Stille einer von den Menschen zerstörten Natur zu herrschen. Langsam überwucherten Pflanzen die Gebirge an Müll, die sie hinterlassen hatten. Städte zerfielen in Stein- und Betonklumpen, über die in der Folge der Wind den Samen aus weitentfernten Wäldern trug. Nur die von den Menschen ans Haus gewöhnten Tiere verspürten anfangs deren Fehlen. Dahinziehende Sommer und Winter ließen jedoch letztlich sogar die Hunde ihre ehemaligen Herren vergessen. Der Planet Erde war sich selbst überlassen.

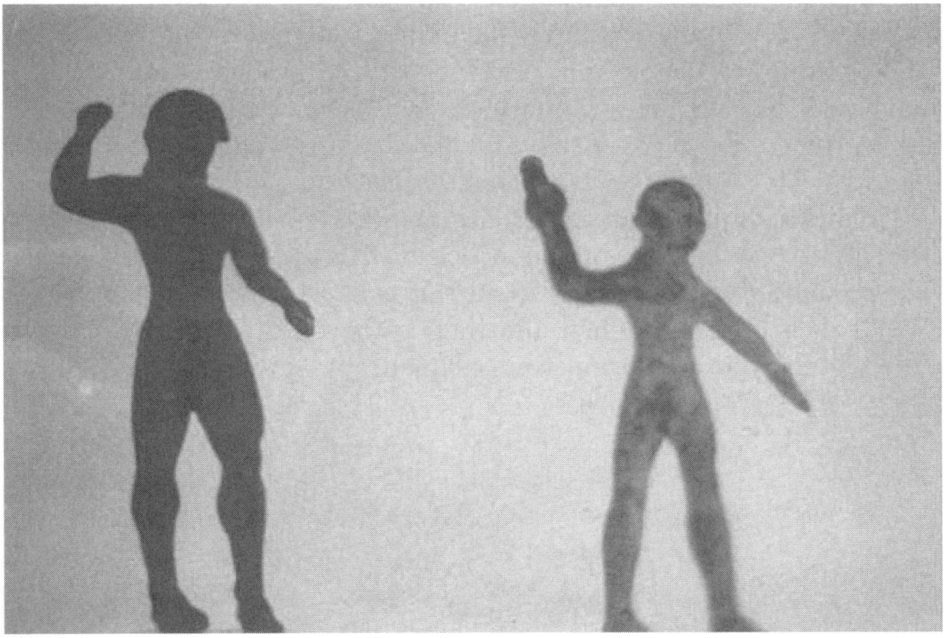

Eines Tages erschütterte ein Erdbeben den Berg Tabor und legte zwei durch Jahrtausende verschüttete Grotten frei. Fast gleichzeitig traten aus ihren Felsengräbern zwei Menschen heraus, ein Mann und eine Frau. Verwundert blickten sie scheu um sich. Dann jedoch fielen sie sich in die Arme.

“Lange habe ich auf dich gewartet, Adam”, sagte sie endlich.

“Ja, ich weiß, Eva, aber jetzt ist ER endgültig fort. ER hat auf uns vergessen! Von nun an sind wir für immer frei!”

Sie schmiegte sich an ihn. “Erinnerst du dich noch daran, was uns damals der große Fluß zugemurmelt hat?” flüsterte sie ihm zu. “Zu Beginn des ersten Tages, zu Beginn des allersten Tages, zu Beginn der ersten Nacht, zu Beginn der allerersten Nacht . . . .”

Er nickte und nahm sie bei der Hand. Gemeinsam verließen sie ihren Berg, um in das vor ihnen liegende Tal, das mit verwilderten Feldern und Obstgärten bedeckt war, hinabzusteigen.

Plötzlich blieb sie stehen und fragte schelmisch: “Werden wir unseren ersten Sohn wiederum Kain nennen?”

Die zerbrochenen Tafeln

Starr vor Kälte erwachte er: eine mondlose Nacht umgab ihn. Er konnte sich nicht erinnern, wie er auf diesem Steinhaufen zu liegen gekommen war. Vorsichtig rutschte er hinab und wickelte sich in das Tuch ein, das an ihm hing. So lag er auf dem Boden und wartete frierend auf das Morgengrauen. Er mußte wieder eingeschlafen sein, denn als er aus seinem Dämmerschlaf auffuhr, stand die Sonne bereits hoch am Himmel. Verwundert sah er sich um. Wo waren denn all die anderen? Nicht einmal Spuren im Sand konnte man erkennen! Er sprang auf und lief um den Steinhaufen herum.

"He, wo seid ihr denn?" rief er immer wieder. Immer größere Kreise zog er. Aber da war nichts außer seinen eigenen Fußabdrücken. Erschöpft hockte er sich auf einen Stein.

"Wo seid ihr?" murmelte er tonlos vor sich hin, "warum habt ihr mich verlassen?" Das Krachen aneinander prallender Steine ließ ihn aufhorchen. Aus dem Steinhaufen hatte sich der oberste Stein gelöst und rollte polternd in die Wüste. Im Fall löste er weitere Steine. In Sekundenschnelle erinnerte nur mehr eine zufällige Anhäufung von Steinen an den Ort, an dem er offensichtlich einen großen Teil der letzten Nacht verbracht hatte.

Er stand wieder auf und begann seine Suche auf's neue. "Wo seid ihr", brüllte er zornig in alle Richtungen, "warum habt ihr mich verlassen?"

Plötzlich vernahm er eine einschmeichelnde Frauenstimme. "Nicht sie haben dich verlassen, Moses! Du hast sie verlassen! Unter diesem Steinhaufen hat dich dein Stamm bestattet. Geh doch hin und überzeuge dich selbst! Unter den Steinen vergraben findest du deinen alten

Wanderstab und das Tuch, das deinen Kopf vor der Sonne schützen sollte."

Zweifelnd trat er näher, und wirklich: da lag, von Steinen verdeckt, der Stock, der ihn viele Jahre durch die Wüste geleitet hatte. Auch das Kopftuch fand sich, eingeklemmt von Gesteinsbrocken. Verwundert drehte er sich in die Richtung, aus der er die Stimme zu hören vermeint hatte. War es ER, der Herr, dem es wieder einmal beliebte, ihn zu necken? "Bist du es Herr?" fragte er schließlich schüchtern, sich zu Boden werfend. Helles Frauenlachen tönte ihm entgegen.

"Steh auf, Moses, und folge mir!" antwortete ihm die Stimme. "Steh auf und vergiß deinen Wanderstab nicht!"

"Aber wie erkenne ich, wohin ich dir folgen soll?" versuchte er weiter zu fragen. Da ihm keine Antwort erteilt wurde, erhob er sich und begann einfach zu gehen.

2

Die Sonne brannte erbarmungslos auf die wenigen ausgetrockneten Flechten, die dem ständigen Wechsel zwischen Hitze und Kälte trotzten. Merkwürdig, dachte er sich, ich verspüre weder die Hitze, noch verspüre ich Durst. Seine Beine schritten von alleine gleichmäßig weiter, doch keine Müdigkeit überkam ihn. Er ging und ging. Als langsam die Nacht sich über die Wüste senkte, setzte er sich in die Nähe eines Dornbusches. Wohin sollte ihn wohl diese Reise führen, fragte er sich zum wiederholten Male. Und: Warum sollte ich die anderen verlassen haben? Unter jenem Steinhaufen hätten sie mich begraben, hatte die Stimme gesagt. Aber er war doch nicht tot?

Am nächsten Tag setzte er, wie selbstverständlich, seine Wanderung fort. Langsam wurden um ihn die Berge höher. Vierzig Jahre hatte er seinen Stamm durch diese Wüste geleitet, stets in der Sorge, rechtzeitig eine Wasserstelle für seine Leute zu finden und sie zur Nahrungssuche anzuhalten. Die Berge, die er nun so deutlich vor sich sah, hatte er dabei kaum wahrgenommen. Seine Beine lenkten ihn auf die Spitze eines solchen Berges. Unter ihm breitete sich in allen Schattierungen von Braun, Gelb und Ocker schier endlos die Wüste aus. Langsam trat er wieder den Abstieg an.

3

"Hier war es doch", hörte er die Stimme sagen. Fast erschrocken blieb er stehen. Was soll hier gewesen sein, fragte er sich, und sah sich um. Doch alles, was er erkennen konnte, waren Berge. Berge, die sich endlos bis zum Horizont erstreckten.

"Erinnerst du dich nicht, Moses?" meldete sich da die Stimme. "Hier hast du die Tafeln zertrümmert, auf denen du angeblich das Gesetz festgehalten hast. Erkennst du nicht mehr die Trümmer deines ersten Versuches, dein Gesetz zu verewigen? Die Tafeln waren leer, Moses! Nichts stand auf ihnen geschrieben! Du hast leere Schiefertafeln vor den Augen deines Stammes zerbrochen! Du hast versucht, sie durch Schwindel von deinem Gesetz zu überzeugen. Von SEINEM Gesetz, wie du ihnen erklärt hast. Mit Erfolg, wie du am besten selbst weißt!"

Er verspürte den Spott in der Stimme. Natürlich waren es leere Tafeln gewesen, die er zum Beweis der Gottgewolltheit des Gesetzes seinem Stamm vorgehalten hatte. Und weil er sie nicht gleich überzeugen konnte, benutzte er ihren Aberglauben von der Schicksalshaftigkeit der Dinge und zerschmetterte die, als heilig gepriesenen, Tafeln. Hat ER euch nicht mit SEINEM Regenbogen, mit SEINER Wolkensäule durch die Wüste geführt, hatte er ihnen entgegengebrüllt, und sie waren vor Angst und Furcht auf den Boden gesunken? Das Gesetz. Es war doch notwendig gewesen, um das Überleben seines Stammes zu sichern! Fast trotzig hob er einen Stein und schleuderte ihn weit von sich weg.

4

"Komm, Moses", meldete sich da die Stimme, "es gilt weiter zu wandern!"

"Wer bist du?" erwiderte er erbost. "Warum spricht nicht ER zu mir, ER, der Herr?"

Aber wie seinem Willen nicht gehorchend, fingen da seine Beine wieder an zu gehen. In Richtung Süden, wie es ihm schien. Warum jagt mich dieser Teufel erbarmungslos durch die Wüste, fragte er sich, und begann seine Schritte zu zählen. Eins, zwei, drei, vier, fünf .... . Doch immer wieder stockte das Zählen, er konnte einfach die Bestimmtheit, mit der die Stimme zu ihm sprach, nicht aus seinen Gedanken verbannen. Er nahm sich vor, am nächsten Tag nicht mehr aufzustehen, einfach dort liegen zu bleiben, wohin ihn der Weg geführt hatte. Doch als es wiederum Tag wurde, verspürte er, wie an den vorangegangen Tagen, die gleiche Unruhe in seinen Beinen. Er machte sich auf den Weg. Längst hatten sich seine Sandalen aufgelöst. Achtlos traten seine bloßen Füße auf spitze Steine und Dornen.

Nach vielen, wie es ihm schien, nutzlosen Tagen begann langsam Weideland, die Wüste abzulösen. Erinnerungen an Mitanni kamen in ihm herauf. Erinnerungen an Zippora, ihren Vater, ihre Familie. Damals, als er aus Ägypten flüchten mußte, hatte er hier als Schafhirte Zuflucht gefunden. Zippora, die fast noch ein Kind war und ihm überall hin aus Neugierde folgte, hatte er schließlich aus Langweile zur

Frau genommen. Und sie, die Fremde, folgte ihm ihr ganzes Leben überall hin nach. Den Sohn, den sie ihm schließlich geboren hatte, verachtete er aus tiefstem Herzen. Vielleicht umnachtete ihn gerade deswegen der Herr und zwang Zippora, ihren kleinen Sohn mit einem gewöhnlichen Stein zu beschneiden?

“Erinnerst du dich, als man dir in Mitanni vom König Hamurabi erzählte? Als du dir in den Kopf gesetzt hattest, ein ähnliches Gesetz deinem Volke zu geben? Auch er hatte behauptet, das Gesetz von seinem Gott übernommen zu haben!” hörte er da die Stimme zu ihm sprechen. Natürlich war sein Gesetz, das Gesetz des Herrn, in vielen Stücken sehr ähnlich zu dem, was er über König Hamurabis Anordnungen gehört hatte. Alle Welt sprach von diesem großartigen Unterfangen, das Gesetz den veränderten Bedingungen anzupassen. Was sollte denn daran schon verwerflich sein, vernünftige Gesetzeserneuerungen zu übernehmen?

5

Doch nein, dies konnte nicht Mitanni sein. Seine Erinnerung mußte ihn getäuscht haben. Die Sterne verrieten ihm schließlich, daß er gegen Osten gewandert war, und nicht in den Süden, wie er ursprünglich angenommen hatte. Wo war er bloß? Sollte er vielleicht wieder gegen Norden ziehen, zurück in seine Wüste, zurück in jenes Braun und Ocker, das für ihn ein Zuhause geworden ist?

Wochen einsamer Wanderung vergingen. Eines Tages sah er plötzlich von der Höhe eines Berges aus vor sich das Tiefblau eines ausgedehnten Sees, dessen Ufer von einem leuchtenden Weiß umkrustet waren. Fast ergriffen von der Schönheit der ihn umgebenden Landschaft, blieb er stehen: wie flüssiges Metall widerspiegelte die Wasseroberfläche die einfallenden Sonnenstrahlen. Vierzig Jahre hatte er die

Wüste mit seinem Stamm durchwandert, doch bis hierher waren sie nie vorgedrungen. Langsam begann er ins Tal hinabzusteigen, jeden Augenblick die Ansicht auf den immer näher kommenden See genießend. Das leuchtende Weiß erwies sich als bizarre Formen von auskristallisiertem Salz. Ohne richtig stehen zu bleiben, lief er wie besessen entlang des Ufers, immer neue, noch abenteuerlichere Salztürme entdeckend. Es brannte höllisch und beruhigte zugleich, als er versuchte, seine wunden Füße im Wasser des Sees zu waschen .... Etliche Tage benötigte er, um das Ende des Sees zu erreichen, und, um den Fluß zu entdecken, der, gemächlich fließend, sich in die Salzbrühe des Sees ergoß. Ein Fluß! Warum hatten sie nie diesen Fluß entdeckt? Hier wäre es ein Leichtes gewesen, sich anzusiedeln. Hatte ER, der Herr, sie absichtlich herumirren lassen? Als Strafe für irgendein lächerliches Vergehen gegen seine Autorität?

Der Verlauf des Flusses blieb ihm Wegweiser für einige Tage. Das Tal schien völlig unbewohnt zu sein, denn nirgendwo konnte er Häuser ausmachen, noch Rauch aus einer Feuerstelle aufsteigen sehen. Die stille und zugleich strenge Leere der Landschaft schien ihn auf diesem Teil seiner irrenden Wanderung zu begleiten.

6

Die ausgeglichene Ruhe, die ihn die letzten Tage und Wochen erfaßt hatte, verschwand allerdings sofort, als er, aus einem Nebental kommend, eine brennende Stadt vor sich sah. Sich von Baum zu Baum und von Busch zu Busch auf diese Stadt vortastend, blieb er plötzlich, wie von einem Schlag getroffen, stehen. Das waren ja seine Leute, sein Stamm! Und sie trieben die Bewohner der Stadt wie Schlachtvieh vor die Stadtmauern. Er begann zu laufen, stellte sich zwischen sie, wollte sie zurückhalten, schrie, gestikulierte. Doch sie schienen ihn nicht zu bemerken, einige rannten ihn sogar um, warfen ihn zu Boden, gerade so, als ob er überhaupt nicht existierte. Genau vor ihm erschlug einer aus dem Stamme Ruben der Reihe nach wehrlose männliche Bewohner der Stadt; vor dem zerstörten Stadttor stritten sich die alten, würdigen Führer der Stämme Israels wie die Raben darum, welche Weiber welchem Stamm als Beute zufallen sollten.

Ihn reckte es, er konnte vor Übelkeit kaum noch stehen. Langsam, weil alles sich in seinem Kopf drehte, versuchte er zu fliehen, zurück in seine Einsamkeit, in seine Wüste zu gelangen, aber seine Beine versagten ihm den Dienst. Wie angewurzelt, sich vor Brechanfällen windend, stand er inmitten von Erschlagenen. Plötzlich tauchte Jossuah, den er wie einen Sohn aufgezogen hatte, direkt vor ihm auf, mit einem um sich schlagenden Bündel auf den Schultern. Das Bündel, eine Halbwüchsige, warf er brutal zu Boden, riß ihr mit einer einzigen Bewegung das Kleid vom Leib und die Beine auseinander. Es war noch ein Kind! Ein Mädchen mit nacktem Schoß!

Er ließ sich neben dem geschändeten Mädchen auf den Boden fallen. Dort blieb er erschöpft bis zum Anbruch der Nacht liegen, dann erst trat er den Rückzug in die Wüste an. Zuerst das Flußufer entlang, später vorbei an den Salzsäulen, so lange, bis er wieder zur Gänze im Braun und Ocker der Wüste aufgegangen war.

7

Seine Beine, die ihn seit vielen Wochen vorangetrieben hatten, waren plötzlich erschlafft. Unendliche Müdigkeit überfiel ihn. Am Rücken liegend wie ein verendetes Tier, spürte er, wie langsam seine Gesichtshaut austrocknete, wie ihm die Erinnerungen an früher entschwanden.

War dies das Ende? Das endgültige Ende? Wo bloß blieb die Stimme? Wo blieb sie, die ihn hierher getrieben hatte?

Und dann sah er sie plötzlich, und ihre Gesichtzüge schienen denen von Zippora, seiner längst verstorbenen, von ihm wenig geliebten Frau, zu gleichen.

“Du hast ihnen das Gesetz eines Kriegsgottes gegeben, Moses”, sprach sie sanft zu ihm, “und Jericho, die Stadt der jüngsten Toten, war nur der Anfang. Von hier aus wird dein Volk, Moses, das Volk Israel, über die Völker Kanaans triumphieren, und danach andere Völker über dein Volk, und wieder andere über diese. Vielleicht hättest du besser die Tafeln doch nicht zerbrechen, sondern leer lassen sollen!”

Gog und Magog

Es war eine eigenartige Gesellschaft, die sich im Wirtshaus "Zum Goldenen Karpfen" rund um den Stammtisch versammelte. In der Ecke, gewissermaßen unterhalb eines nicht existierenden Herrgottswinkels, saß für gewöhnlich ein älterer Mann mit einem ziemlich verwilderten, grauen Bart. Auch der Rest seines Äußeren erwies sich nicht gerade als anziehend: ein speckiger, alter Anzug, voll von Fettflecken; seinen Hemdkragen zierte ein schon grindiger Dreckrand. Für gewöhnlich nahmen zwei Liliputaner links und rechts von ihm Platz. Beide schienen sehr breite, kräftige Schultern zu haben. Es mußte sich um Zwillinge handeln, denn sie ähnelten einander wie ein Ei dem anderen. Meist leistete ihnen noch ein rothaariger, junger Mann Gesellschaft, dessen Gesicht nur so von Sommersprossen übersät war. Sie tranken Bier. Gegen Ende des Abends brachte ihnen der Wirt, ein ungewöhnlich dicker Mann, eine Runde Schnaps auf Kosten des Hauses. Der Wirt setzte sich dann für eine Weile zu ihnen. Viel geredet wurde den ganzen Abend nicht. Kurz vor der Sperrstunde, gerade rechtzeitig, bevor der Wirt sich mit seiner Schnapsrunde zum Stammtisch gesellte, tauchte stets noch ein alter Blumenverkäufer auf. Der "Goldene Karpfen" mußte die letzte Station seiner Runde sein, denn gelegentlich verschenkte er den leicht verwelkten Rest seiner Ware an die noch anwesenden Gäste.

Die anderen Gäste kümmerten sich kaum um die alten Schmierfinken, wie sie die Stammtischrunde nannten. Man kam in den "Goldenen Karpfen", weil die Küche ganz vorzüglich war, und dies trotz der scheinbar äußerlichen Verwahrlosung des Wirten. Von den Liliputanern glaubte man zu wissen, es handle sich um unterstandslose Zirkusakrobaten. Gelegentlich kam es nämlich vor, daß ein gehässiges Wort in Richtung Stammtischrunde gerichtet wurde. Für gewöhnlich stand dann einer der Zwillige auf, grinste durch seine Zahnlücken, trat an den vorlauten Gast heran und hob ihn mit einer Hand, an einem Sesselbein, mitsamt dem Sessel fast auf Tischhöhe. Meist endeten solche Szenen im allgemeinen Gelächter der Anwesenden.

Gelegentlich kam aber es auch vor, daß andere Gäste die am Stammtisch in die Unterhaltung miteinbeziehen wollten. Mehr als ein freundliches Grinsen von den Zwilligen konnte man in der Regel allerdings nicht erwarten. Außerdem war nur zu bekannt, daß die am Stammtisch im Kartenspielen nicht zu schlagen waren. Sie schienen nicht nur die Karten ihrer Gegner zu kennen, sondern auch die Reihenfolge in einem umgedrehten Kartenpacket.

2

Einmal wollte ein Zufallsgast einen Sessel vom Stammtisch entlehnen, ohne freilich vorher bei der Stammtischrunde freundlich anzufragen, ob der Sessel auch frei wäre. Wie von einem Stromstoß getroffen, zuckte seine Hand von der Sessellehne zurück. Ängstlich stotterte er daraufhin eine wirre Entschuldigung und verließ, völlig verschreckt, bald darauf das Wirtshaus. Aber auch die anderen Gäste erschraken gehörig, denn sie vermeinten ein grünes Aufblitzen in den Augen des Graubärtigen entdeckt zu haben. Lediglich der junge Mann, der einmal in der Woche zum Essen in den "Goldenen Karpfen" kam, lachte belustigt auf. Alle im Wirtshaus wußten, daß er immer nur das Allerbilligste auf der Speisekarte auswählte und sich den ganzen Abend lang auf ein kleines Bier beschränkte. Sehr oft brachte er ein Buch mit, in das er sich während des Essens vertiefte. Der fette Wirt schien den jungen Mann ins Herz geschlossen zu haben, denn kein Teller war so vollgehäuft wie der für den kleinen Tisch bestimmte. Gelegentlich blickte der junge Mann von seinem Buch auf und betrachtete für eine Weile die skurrilen Gestalten am Stammtisch.

Als eines Abends wieder einmal ein böses Wort in Richtung Stammtisch fiel, mischte sich, vollkommen unerwartet, der junge Mann ein und forderte die leicht betrunkenen Störenfriede auf, den Unsinn sofort einzustellen. Die plötzliche Röte in seinem Gesicht schien den anderen bedrohlich genug und ließ sie augenblicklich verstummen. Seine unvermutete Parteinahme belohnten die beiden Liliputaner mit breitem, freundlichem Grinsen, ja, selbst der Graubärtige entrang sich ein Lächeln. Dann jedoch rief er den Wirt zu sich und flüsterte ihm längere Zeit ins Ohr. Zur großen Überraschung des jungen Mannes trat daraufhin der Wirt an seinen Tisch und lud ihn für den kommenden Montag, am Schließtag, zu einem Essen mit den Stammtischlern ein. Selbstverständlich auf Kosten des Hauses, wie er hinzufügte.

3

Und so kam es, daß an jenem Abend alle um den Stammtisch Platz nahmen und köstliche, vom Wirt persönlich kreierte Gerichte aufgetischt wurden. Der Blumenverkäufer hatte sich genauso pünktlich eingestellt wie die Liliputaner und der Sommersprossige. An diesem Abend trank man nicht Bier, sondern es wurden reihenweise vornehme Weinflaschen geöffnet. Man erkundigte sich höflich nach dem Namen des Ehrengastes. "Also, Hans", sagte plötzlich der mit den vielen Sommersprossen in angenehm klingender Hochsprache, "du hast dich wahrscheinlich schon des öfteren über uns gewundert. Ein Stammtisch, an dem fast nichts geredet und nur äußerst mäßig dem Bier zugesprochen wird, muß einfach Neugierde erwecken .... Wir alle hier sind Vergessene! Jahrhunderte lang begleiteten wir Vorstellungen, Wünsche, Hoffen und Haß. Jahrhunderte lang hat man unser Erscheinen herbeigewünscht oder befürchtet. Die heutigen Menschen haben selbst unsere Namen vergessen! Meine beiden kleinen Freunde hier zum Beispiel, Gog und Magog, beflügelten die Phantasie Unzähliger als riesenhafte Vorboten entweder des Erscheinens des Antichrist oder gar des Weltuntergangs selbst. Stark sind sie schon, die zwei. Das haben sie ja gelegentlich mit ihren Zirkusstücken hier bewiesen, aber Riesen? Die stampfenden Schritte von Gog und Magog sollten die Erde erbeben und die Herzen der Gottlosen erzittern lassen! Der verlorene Schrecken von gestern verbannte die beiden in ein Pratervarieté. Dort nennt man sie übrigens Max und Moritz, wahrscheinlich, weil man glaubt, die scheinbare Lustigkeit ihrer Kleinwüchsigkeit unterstreichen zu müssen.

Der, den sie der Überlieferung nach ankündigen hätten sollen, den Antichrist, siehst du auch hier sitzen. Von seinem furchterregenden Aussehen ist ihm nur der graue Bart geblieben, dessen Form er als Reminiszenz an seinen ehemaligen Freund Luca Signorelli so beläßt wie in jenem berühmten Fresco zu Orvieto. Er ist vielleicht noch länger vergessen als Gog und Magog, bezichtigten sich doch Papst und Gegenpapst bereits sehr früh gegenseitig, der Antichrist zu sein. Selbst die Lutheraner sparten nicht mit Worten, ein möglichst prächtiges Bild des Antichrist, geschmückt mit einer Tiara, zu entwerfen. Herr Franz, so nennt man ihn heute. Als Gelegenheitsarbeiter ist er auf so manchen Großmärkten bekannt . . . .

Welche Art von Geschichten sollte er uns schon am Abend beim Stammtisch erzählen? Etwa über die amüsante, lange andauerende Diskussion die Farbe, Form und den Glanz seiner Augen betreffend? Grün blitzend, wie die Dogmatiker in diesen Diskussionen behaupteten? Oder etwa: aus wieviel Fuß Höhe er bei seinem vermeintlichen Himmelflug zur Erde fallen würde, Juden und andere Gottlose mit sich reißend? Ja, dieser Himmelssturz ist heutzutage genauso in Vergessenheit geraten wie der des Simon Magus, der – der Überlieferung nach – dem theologischen Wettstreit mit Petrus vor dem römischen Kaiser

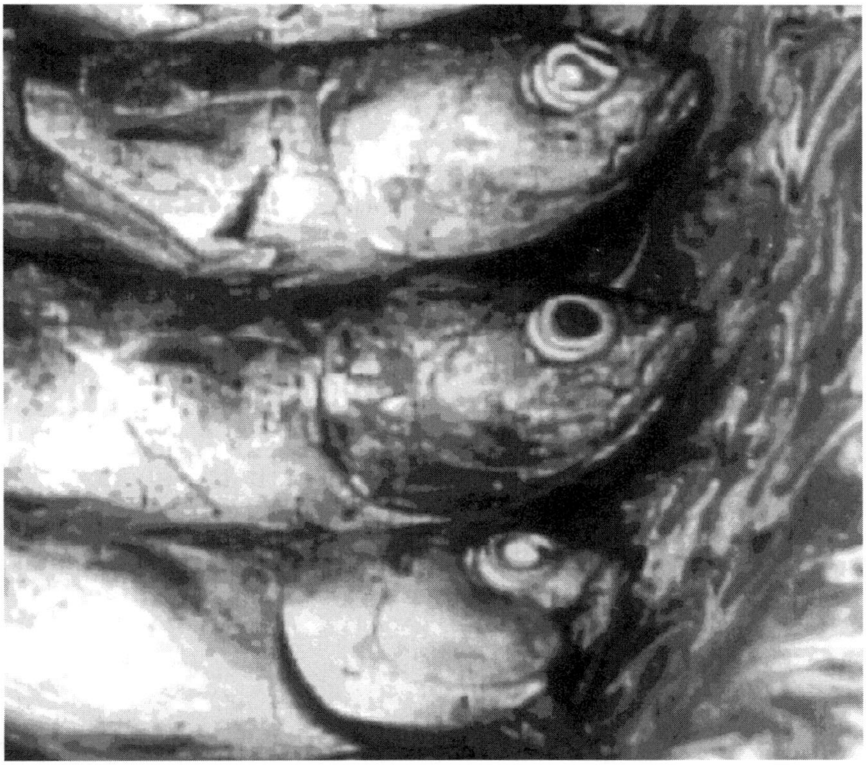

folgte. Unser bärtiger Freund teilt seine Unerkanntheit mit Leviathan, unserem Wirt, und Behemoth, der sich nunmehr mit Rosen zweiter Wahl durch Wirtshäuser und Heurigen schnorrt. Schnell, Herr Alois, rufen sie ihm dort in der Regel zu, und belästigen Sie bitte unsere Gäste nicht! Wer würde schon in dem Alten mit den leicht verwelkten Rosen ein vorsintflutliches Ungeheuer vermuten, das landgeborene Gegenstück zu Leviathan, der offensichtlich sein Wirtshaus mit Bedacht “Zum Goldenen Karpfen” benannt hat? Langsam vergessen sie selbst ihre eigenen, angestammten Namen und verweilen in der Identität eines Herrn Franz oder Alois, oder als das drollige Zwillingspaar Max und Moritz.”

Hans, der junge Mann, starrte verwundert von einem zum anderen. Gelegenheitsarbeiter und Varietékünstler, das hätte auch er vermutet, aber an all die Geschichten des Sommersprossigen konnte er mit bestem Willen nicht glauben. Er hatte den Eindruck, die Stammtischler wollten ihm einen ordentlichen Bären aufbinden.

“Und du selbst”, fragte er daher scherzend, “welch grauenhaften Bösewicht verkörperst du? Auch ein vorsintflutliches Monster, oder die körperliche Verschmelzung der Krethi und Plethi?”

Einer der Liliputaner lachte auf und warf immer noch lachend ein: “Du weißt sicherlich nicht, daß bereits zu Salomons Zeiten das Wach- und Polizeipersonal über Plattfüße als Berufskrankheit klagte. Nur gab’s bei den Krethi kein Versetzen in den Innendienst oder gar eine Frühpensionierung!”

Nun lachten alle, denn die Vorstellung einer durch Plattfüße dezimierten Garde Salomons, des Prächtigen, erschien ihnen allen als ungemein witzig.

“Mich”, unterbrach der Sommersprossige die allgemeine Heiterkeit, “mich wünschte man durch Jahrhunderte sehnlichst als notwendiges, transfigürliches Agens einer chymischen Hochzeit herbei. Hermes Trismegistos nannten mich die Adepten, die mit dem grauen Wolf – dem Antimon – die Marter der Metalle einzuleiten versuchten. Der König

Oro – Gold und Licht zugleich – hatte zuerst den Tod zu erleiden, bevor er, sublimiert und destilliert, seine Wiederauferstehung feiern konnte. Ich, der jüngste unter den Vergessenen hier, bin zwar namenlos geworden, aber immer noch an Orten chymischer Hochzeiten, nämlich in Apotheken, anzutreffen. Die altertümlichen Aufschriften auf Flaschen und Tiegeln sind geblieben. Das adeptenhafte Anrühren von Salben und Auswägen von Rezepturen hat nur einen neo-wissenschaftlichen Anstrich erhalten. Seit Jahrhunderten sorgen Volksweisheiten, vermeintliche Überlieferung und Aberglaube für mein jugendliches Aussehen. Ich erfreue mich nach wie vor noch größter Beliebheit! Allerdings diene ich schon längst nicht mehr Versuchen, unedle Metalle in Gold zu mutieren, sondern verwandle jegliches Resultat einer chymischen Hochzeit – getarnt als pharmazeutischer Fortschritt – direkt in klingende Münze oder knisternde Geldscheine. Und dennoch bin ich vergessen, ich, Hermes Trismegistos, der nicht fehlen durfte, wenn die Kalzinierung erfolgreich verlaufen sollte."

4

"Genug des Unsinns, Daniel", unterbrach da der Alte mit dem grauen Bart und erhob sein Glas, um den anderen zuzutrinken. "Gog und Magog, oder Max und Moritz, wen interessiert das heute schon? Selbst dich interessiert zur Zeit mehr die hübsche Rothaarige in der Apotheke "Zum Goldenen Kreuz" als der König Oro, dessen Name heutzutage lediglich an eine Kaffeesorte erinnert. Ich jedenfalls bin der Herr Franz und sonst nichts. Ich liebe das Gewöhnliche, das Alltägliche, und Gleiches gilt wohl auch für unseren tapferen Wirt, der sich wahrlich bessere Stammgäste als uns verdient hat. Solche, die mehr als ein paar Seideln Bier konsumieren. Und dennoch: auch er würde sein Wirtshaus nicht gegen ein vornehmes Stadtrestaurant eintauschen wollen! Selbst unser Freund Alois leidet nicht übermäßig von seiner Tätigkeit als Blumenverkäufer in Heurigen und Restaurants. Nein, auch er würde den Spaß am Mienenspiel seiner Kunden nicht missen wollen. Das verschämte Ignorieren seiner Anwesenheit an manchen Tischen, die Materialisierung schmachtender Blicke ins Decolleté des Gegenübers in Form von Rosen zweiter Wahl. Ich wünschte, die vergangenen Jahrhunderte wären ebenso langweilig normal gewesen wie unsere jetzige Zeit, wie unsere Gespräche am Stammtisch! Gibt es ein nobleres Ziel als eben diese stinknormale Langweiligkeit? Stinknormal für alle und jeden, für Hinz und Kunz gewissermaßen, um bei vergessenen Namen zu bleiben. Langweilig wie die meisten Witze, die wir uns hier erzählen. Übrigens, kennt ihr schon den?"

Damit begann der Alte umständlich einen ziemlich ordinären Witz von sich zu geben, den er wohl auf dem Markt aufgeschnappt hatte. Ein Witz folgte dem anderen. Mit einem Male hatte man das ganz normale Gegröle eines Stammtisches erreicht. Genauso laut und deftig wie in jedem anderen Gasthaus im ganzen Grätzel.

Als Hans, der junge Mann, an diesem Abend nach Hause ging, hatte er das wohlige Gefühl, endlich wirklich einmal satt zu sein. An die Geschichten des Rothaarigen hatte er ohnedies nicht im geringsten geglaubt, obwohl das dialektfreie Hochdeutsch am Beginn der Unterhaltung ihn doch einigermaßen überrascht hatte. Eine Woche später, an seinem üblichen Tag, fand er den "Goldenen Karpfen" geschlossen vor. Wegen Todesfalles bis auf weiteres geschlossen, las er auf einem handgeschriebenen Zettel. Der "Goldene Karpfen" öffnete auch in der Folge nicht wieder. Der Graubärtige mit seinen Liliputanerfreunden blieb verschwunden, genauso wie der Rosenverkäufer, der Herr Alois, und der Rothaarige. Sind sie endgültig in Vergessenheit geraten, fragte sich Hans, oder haben sie nur ein neues Stammbeisl gefunden, vielleicht in einem anderen Bezirk, ein Stammbeisl, wo sie wieder ungestört unter sich sein können?

Ein endgültiger Abschied

Rastlos ging er in seinem Büro auf und ab, unzählige Male den Raum zwischen dem Bücherkasten, der fein säuberlich der Größe nach geordnet Jahrbücher, Gesetzestexte und Nachschlagwerke enthielt, und dem Aktenregal durchschreitend. Immer wieder blieb er, wie um Zeit zu gewinnen, stehen und las die sorgfältigen Aufschriften auf den Aktenordnern. Gelegentlich durchbrach er den sich selbst auferlegten Raum der Rastlosigkeit und trat an das Fenster. Gedankenverloren blieb dann sein Blick für einige Minuten an den vor dem Haus postierten Wachen hängen. Dieses Ausbrechen und Ans-Fenster-Treten verursachte ihm einige Mühe, bedingte es doch eine Rückkehr in eine Wirklichkeit, die ihm sein Schreibtisch und das dahinterhängende offizielle Bild des Herrscherpaares aufzwang: ein wuchtiger alter Tisch aus schwarz gebeizter Eiche, auf dem sich ein einziges, fast grell-weißes Blatt befand.

2

Eigentlich hat sie mich immer schon als Handlanger benutzt, dachte er sich, wieder zwischen Bücherkasten und Akten hin und her pendelnd. Sie, die ältere Schwester, sie, die bereits während ihrer gemeinsamen Kindheit seine Dienste als Bote, Handlanger und Diener beanspruchte. Sie, um die sich alles drehte, die keinerlei Widerspruch duldete und in deren Schatten sich alles sie Umgebende ins Mausgraue, ins

Unpersönliche, ins Servile verwandelte. Eine laute Schönheit, vor Witz und Geist sprühend, gegen die niemand auch nur ein gehauchtes Nein aufbringen konnte. Und so kam es auch, daß der alte König seinen Blick nicht mehr von ihrem jungen, delikaten Fleisch abwenden konnte und alles daransetzte, sie seinem Johannistrieb zu opfern. Allerdings, für sie bedeutete es keinerlei Opfer, sich von dem alten Mann besitzen zu lassen, nein, vielmehr war damit der Aufstieg in die höchste Sphäre der Macht und des Reichtums verbunden. Ihre von nun ab königlich fleischliche Körperlichkeit überstrahlte in Windeseile die angestammte Würde und Machtfülle ihres ältlichen Gemahls. Ihren Bruder hatte sie mit in den Palast genommen, geradeso, als ob er Teil ihres Hausrats oder der Aussteuer wäre: sie benötigte ihn als verläßlichen Vertrauten am Hof. Binnen kürzester Zeit konnte sie ihn in die Position des Befehlshabers der Palastwache hieven, vielleicht mit dem Hintergedanken, die Intrigen, die für gewöhnlich ihren Ursprung unter den Offizieren der Wache fanden, zu unterbinden, vielleicht auch, um sich vor Launenhaftigkeiten des alten Königs zu schützen, obzwar dieser ohnedies nicht mehr sehr viel zu sagen hatte.

3

Eigenartig war es allerdings schon, daß der Alte darauf bestand, den kleinen Sohn, den seine junge Gemahlin sehr bald nach ihrer Hochzeit zur Welt brachte, einem befreundeten Ehepaar in einer weit entfernten Stadt, in einem fremden Land, zur Erziehung zu überlassen. Vermutlich wollte er damit einem möglichen Putsch begegnen, in dem sich seine junge Frau als Reichsverweserin – an Stelle ihres unmündigen Sohnes – zur alleinigen Machthaberin aufschwingen könnte. Ihre Rache für das scheinbar entzogene Mutterglück erfolgte umgehend. Kein weiteres Mal gestattete sie ihm, sich ihr körperlich zu nähern. Vielmehr noch, je tiefer ausgeschnitten sie ihre Kleider trug, je offener sie für alle ihre, durch die Schwangerschaft gereifte, Körperlichkeit zur Schau bot, umso schroffer wurden ihre Abweisungen ihm gegenüber. Schließlich wußte jedermann im Lande, daß sie den heißersehnten Erben geboren hatte: sie bedurfte keinerlei weiterer Absicherung ihrer Stellung.

Überdies war es ihm, ihrem Bruder, in der Zwischenzeit gelungen, sich die Garde durch geschickte Abhängigkeitsverhältnisse voll zu verpflichten. Der Alte hätte so nicht einmal mehr die Möglichkeit gehabt, seine sich ihm verweigernde Frau mit Gewalt aus dem Palast zu vertreiben. Und so verfiel er körperlich zusehends, insbesondere, da er glaubte, ihre Verweigerung durch zunehmend häufigere Besuche in nah- und ferngelegenen Bordellen kompensieren zu müssen. Immer länger dauerten seine Absenzen vom Hof, von seinen Amtsgeschäften. Eines Tages blieb er überhaupt aus. Erst einige Zeit danach fand man ihn erschlagen in einem Straßengraben.

Die offiziellen Trauerfeierlichkeiten wurden von der jungen Witwe würdevoll geleitet, das ganze Land war voll des Lobes über die schöne, junge Landesmutter. Mehr noch nährte die allgemeine Zufriedenheit die moderne Verwaltung und Rechtsprechung, die ihr Bruder, der Haushofmeister und Kommandant der Garde, mit großer Umsicht aufgebaut und so die Voraussetzungen für eine großartige und vor allem umgehend einsetzende wirtschaftliche Entwicklung des Landes geschaffen hatte.

Wiederum stand er am Fenster und starrte auf den vor seinem Amtssitz liegenden Platz. Sehr lange dauerte damals der Friede, während dessen das Land geradezu im Wohlstand zu versinken drohte. Um an diesem Wohlstand mitnaschen zu können, hatte eines Tages der Nachbarstaat die Grenzschranken geschlossen und begonnen, auf alle Waren sehr hohe Wegzölle einzuheben. Überdies veranlaßte der König des Nachbarlandes an der Grenze ein merkwürdiges, tönernes Tier aufzustellen, vor dem jeder Grenzgänger niederzuknien hatte, um dem König seine Ehre zu erweisen.

Mehr als ruppig entwickelten sich in der Folge die Beziehungen zum Nachbarstaat. Immer öfter zwang das rüpelhafte Benehmen seiner Grenzsoldaten Reisende zur Umkehr. Zu einem offenen Krieg zwischen den beiden Ländern kam es allerdings nicht, denn die Königin, seine Schwester, stand auf dem Standpunkt, es sei weitaus besser, den Zoll zu entrichten, als das Leben auch nur eines einzigen jungen Mannes aus ihrer Garde zu opfern. Der größte Teil der Bevölkerung teilte ihre Meinung, lediglich die Handelsherren verlangten zunehmend lauter entschiedene Maßnahmen, um der Provokation an der Grenze zu begegnen. Sie meinten, die Ehre des Landes sei in Gefahr, wenn auf Dauer die schändlichen Bedingungen des Nachbarlandes erfüllt würden.

4

Dann jedoch war plötzlich er da mit seinen Freunden, ein junger Mann mit erst erblühendem Bartflaum auf der Oberlippe. Er zertrümmerte mit einem riesigen Stein das tönerne Ungeheuer und erschlug die paar verblüfften, zögerlich angreifenden Soldaten. Seine Freunde hatten in der Zwischenzeit die armseligen Baracken gestürmt, in denen sich der Rest der Soldaten befand. Fast drei Wochen lang besetzen die jungen Männer den Bergpaß. Jeder weitere angreifende Soldatentrupp wurde von ihnen unter geschickter Ausnützung des Geländes vernichtet. Entlang der Bergstraße erstreckten sich die Grabhügel der erschlagenen Soldaten, Grabhügel, in denen zur Abschreckung der

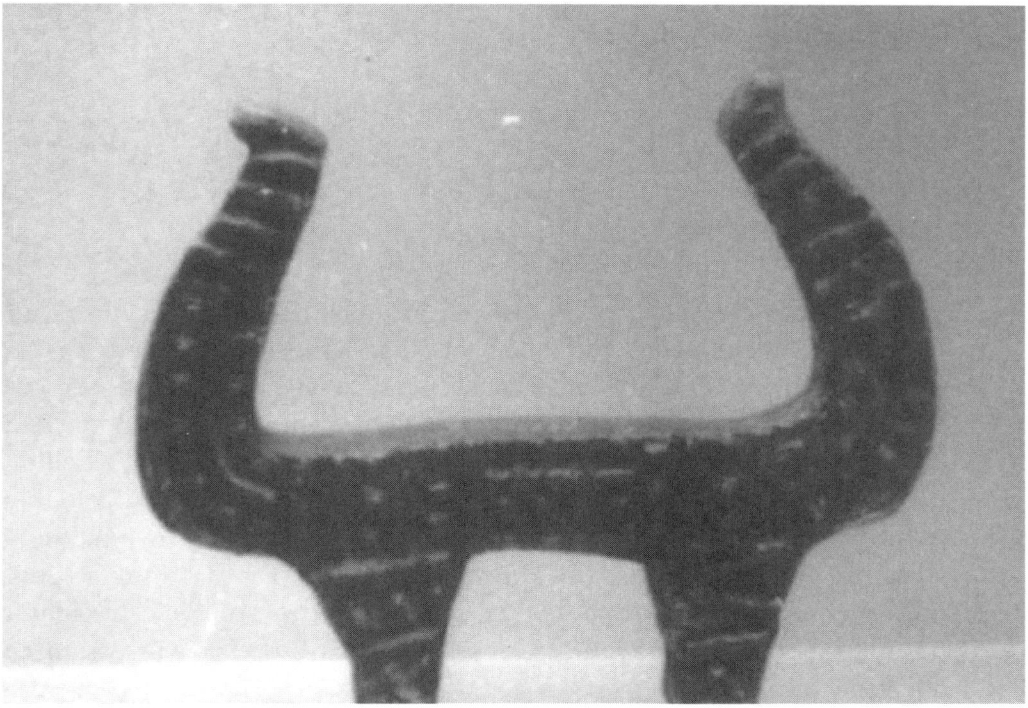

Neuangreifenden die Lanzen der Gefallenen staken. Schießlich erschien ein Emissär und bot Frieden an, selbstverständlich mit dem Angebot, die Zölle aufzuheben und die Grenze wieder zu öffnen. Es blieb dem Nachbarkönig auch nicht sehr viel anderes übrig, nachdem sich seine unmotivierte und überdies schlechtausgerüstete Armee fast völlig in den Kämpfen um den Bergpaß zerrieben hatte.

5

Im Triumphzug zogen die jungen Männer daraufhin in die Stadt ein. Überall entlang den Straßen standen Menschen, um sie zu bejubeln. Blumen, Früchte und Flaschen mit Wein hielt man ihnen als Willkommensgeschenke entgegen. Vor dem weitgeöffneten Palasttor hatte die Garde eine Festformation gebildet, in deren Mitte die Schönheit der Königin alles überstrahlte. Zu einem großen Gelage geleitete man danach die Befreier; eine riesige Tafel, errichtet im Zeremoniensaal, an deren Spitze sie und der junge Mann Platz nahmen. Sehr bald war es allen offenkundig, daß nicht nur der Wein die Gesichter der beiden rötete. Zuneigung, Liebe, aber auch Begierde war von ihren Blicken ablesbar.

Und so erzitterte in den folgenden Wochen die Stadt unter den Lustschreien der Königin. In all den vergangenen Jahren hatte sie ihr Verlangen, das Verlangen einer noch jungen Frau, aufgestaut, das nunmehr wie eine Flutwelle aus ihr herausbrach. Seine Freunde verliefen sich damals sehr rasch, sie ertrugen die Langweile am Hofe nicht, insbesondere, da sich ihr Kumpel tagelang nicht vom Bett der Königin lösen konnte. Sie dagegen verlor rasch jede Art von königlicher Zurückhaltung: mit noch gespreizten Schenkeln und feucht überklebtem

Schoß ließ sie sich von ihren Dienerinnen Leckereien ans Bett bringen. Dort völlerten sie so lange, bis sie wieder in einem Wirrsal aus Speisen, Früchten und Bechern übereinander herfielen.

6

Er stand noch immer am Fenster und starrte hinaus. Damals hatte er wie ein Bediensteter hinter einem Vorhang zu stehen und auf Befehle zu warten. Sehr bald danach verkündete sie – in den ersten Monaten der Mutterschaft erblüht – dem Volke den Befreier des Landes als ihren Gatten und damit als den neuen Landesherren. In der Zwischenzeit hatte auch er eine Frau genommen: die einzige Tochter aus einer nicht übermäßig begüterten Familie teilte mit ihm ein recht bescheidenes Leben hinter den Kulissen der Macht.

Die Geburt des gemeinsamen Kindes des Königspaares wurde dann im ganzen Lande gefeiert. Ja, selbst der Nachbarkönig, der sich nunmehr endlich wieder einem Manne im angrenzenden Land gegenübersah, schickte seine aufrichtigen Glückwünsche, schließlich hatte man sich einvernehmlich auf einen kleinen Zoll, getarnt als Straßenerhaltungsgebühr, geeinigt.

Als dann in der Folge fast jedes Jahr ein weiteres Kind dem Königshaus beschert war, verlor sich langsam das öffentliche Interesse an der schönen Königin und ihrem jugendlichen Helden. Vollkommen zu Recht, denn die fortwährenden Schwangerschaften hatten ihre Brüste schwer werden lassen, eine nicht mehr bezwingbare Leibesfülle erschwerte ihren ehemals grazilen Gang. Aber auch der männliche Reiz des jugendlichen Helden verblaßte rasch: eingefallene Schultern und ein sich nach vorne mächtig wölbender Bauch zeugten vom angenehmen Nichtstun am Hofe. Er war mürrisch geworden, ja, sogar unzugänglich für die Verlockungen der Mägde, die in ähnliche Lustströme wie vor einiger Zeit ihre Herrin zu versinken gewillt waren.

7

Wie schon zuvor mußte der Bruder die Verwaltung des Landes übernehmen. Damals hatte er begonnen, Nachforschungen über die Herkunft des nunmehrigen Königs anzustellen. In alle angrenzenden, aber auch in weiter entfernte Länder sandte er seine Emissäre in geheimer Sache aus. Meist kamen sie unverrichteter Dinge zurück oder hatten nur Unwesentliches zu berichten. Doch dann hatte einer der Gesandten auf seiner Reise einen anderen in ähnlicher Mission getroffen, einen, der ausgeschickt worden war, den Verbleib eines verschollenen Ziehsohnes zu erkunden, den Gerüchten nach Sohn eines Königs eines weit entfernten Landes. Beim vorsichtigen Austauschen der Informationen hatte man dann festgestellt, es könne sich im Grunde genommen um die selbe Person handeln.

Er trat wieder an das Fenster, fast wie unter einem Zwang, für längere Zeit irgendwohin starren zu müssen. In der Folge, erinnert er sich, konnte die Befürchtung, der Mann seiner Schwester könnte gleichzeitig auch ihr erstgeborenen Sohn sein – jener, der bald nach seiner Geburt Pflegeeltern übergeben worden war – weder bestätigt noch endgültig vom Tisch gewischt werden. Da alle Nachforschungen vergebliche Mühe darstellten, den wahren Sachverhalt aufzuklären, kam man schließlich im Einverständnis beider überein, eine Trennung zu betreiben.

Ein nicht leichtes Unterfangen, da der nunmehrige König nicht so recht wußte, was er mit seinem weiteren Leben anfangen solle, und die Königin, bedingt durch das einsetzende Klimakterium, allzu leicht in hysterische Weinkrämpfe verfiel. Obzwar sie schon längst nicht mehr ein Schlafzimmer miteinander teilten, schien beiden der Abschied voneinander, von ihren Alltagsgewohnheiten, schwer zu fallen. Die Trennung zog sich in die Länge. Überdies tauchten in der Öffentlichkeit immer wieder phantastische Gerüchte über die Verhältnisse bei Hof auf. Nach vielen guten Jahren drohte der Hof zu einer Belastung des Landes zu werden.

8

Glücklicherweise, dachte er sich, erlag der völlig verfettete Landesretter gerade im richtigen Zeitpunkt einem Herzschlag. Nunmehr kehrte die Zuneigung der Bevölkerung in Form von Mitleid und Mitgefühl für die Hinterlassenen zurück. Hätten die Gerüchte damals noch länger angehalten, so wäre in der Tat der Fortbestand der Dynastie gefährdet gewesen. Er, der lebenslange Diener seiner Schwester, hatte sogar bereits erwogen, seinen Vielleicht-doch-Neffen mit Gift beseitigen zu lassen.

Damals, nach dem Tod des Königs, bekam er zum ersten Mal die Gelegenheit, in die erste Reihe zu treten, sozusagen vor den Vorhang der Macht, da seine Schwester ihn zum alleinigen Regenten und Erzieher ihrer Kinder ernannte. All diese Funktionen hatte er schon zuvor inoffiziell inne, bloß im Hintergrund. Merkwürdigerweise verlor in der Folge seine Schwester nicht nur die Lust an den Regierungsgeschäften, sondern auch das Interesse an ihren Kindern, mit denen sie im ständigen Streit zu liegen schien. Insbesondere mit den beiden Töchtern ergab sich ein endloser Kampf, vielleicht auch, weil deren sich entwickelnde mädchenhafte Schönheit ihr zu sehr vor Augen führte, daß sie selbst eine häßliche, alte Vettel geworden war. Und dennoch bestimmte sie keinen ihrer Söhne zu ihrem Nachfolger, sondern die jüngste Tochter. Eine wahrhaftig weise Entscheidung, denn bereits als Kind hatte dieses Mädchen eine ganz besondere Ernsthaftigkeit und Bestimmtheit an den Tag gelegt.

9

Er drehte sich mit einem Ruck vom Fenster ab und wandte sich seinem Büro zu, und damit dem kitschigen offiziellen Bild seiner Schwester und des Landesbefreiers. Mehrere Jahrzehnte hatte er von diesem Büro aus das Geschehen im Lande gelenkt. Bereits morgen würde er den Rücktritt einreichen und sich mit seiner Frau für immer in den kleinen, aus ihrer Familie stammenden Landsitz in den Bergen zurückziehen. Nein, er konnte sich nicht vorstellen, in Zukunft auch noch den Diener für seine Nichte zu spielen. Fest entschlossen trat er an seinen Schreibtisch. Rücktrittsgesuch las er auf dem daraufliegenden Schriftstück. Er entnahm der obersten Schublade sein Schreibgerät und setzte seine im ganzen Lande wohlbekannte Unterschrift darunter: Kreon, Regent.

Helenas letzter Liebhaber

Sie saß vor dem Spiegel und betrachtete die immer deutlicher hervortretenden Krähenfüße in ihrem Gesicht und ihr grau werdendes Haar, das in unordentlichen Strähnen herunterhing. Vor ihrem Zimmer, auf dem Gang, hörte sie bereits die Pfleger rumoren und schimpfen. Bald würde der kleine, dickliche, junge Mann mit den vielen Pikkeln kommen und ihr Haar in Ordnung bringen. Wahrscheinlich würde ihm wieder die Haarbürste entgleiten, um beim Aufheben für einen Moment ihren Körper berühren zu können. Des öfteren hatte sie schon, sich dem Zugzwang der Bürste hingebend, ihr Kleid hinaufrutschen lassen und sich über das augenblickliche Erröten des Jünglings gefreut ....

Der Junge war genauso schüchtern wie seinerzeit Deukalion, den sie als junges Mädchen abgöttisch geliebt hatte. Deukalion, der Hirte, Deukalion, der Flötenspieler, dessen Weisen ihren ganzen Körper zum Singen brachten. Er hatte nicht ein einziges Mal gewagt, auch nur seinen Arm um ihre Schultern zu legen. Deukalion schien von der Idee besessen zu sein, sich ihrer überragenden Schönheit als unwürdig zu erweisen. Wie oft hatte sie ihn von hinten umschlungen, sich an ihn gepreßt, in der Hoffnung, er würde sich umdrehen und endlich ihren Körper umfassen. Aber nein, er versteinerte, und seine Finger umklammerten lediglich, wie zum Schutz vor ihr, seine Flöte. Vielleicht, wenn er sie rechtzeitig zur Frau genommen hätte, dann wäre ihr Leben ganz anders verlaufen ....

Statt dessen erschien eines Tages Menelaos, der König, im Dorf, umgeben von einer Gruppe prächtig gekleideter Jäger. Und er konnte seinen Blick nicht mehr von der außerordentlichen Schönheit heben, die, wie eine Flurgöttin, in aller Stille hier erblüht war. Er war auf der Stelle entschlossen, diese Schönheit – ungeachtet aller Standesunterschiede – zu seiner Frau zu machen: ihr graziler Gang, ihre fast senkrecht und spitz abstehenden Brüste hatten ihn trunken vor Verlangen gemacht. Während der König in aller Eile den Hochzeitsvertrag aushandelte, saß Deukalion vor seiner Hütte und klammerte sich an seine Flöte . . . .

2

Wie ein erlegtes Beutetier umringten die königlichen Jäger Helena und drängten sie aus dem Dorf. Ihre erste Nacht mit einem Mann hatte sie sich jedenfalls ganz anders vorgestellt: Spiel mit dem Körper des anderen, Zärtlichkeit. Menelaos hatte bloß ihre Schenkel auseinandergedrückt und war, ihre Brüste fest drückend, sofort in sie eingedrungen. Überdies schien er auch gleich daraufhin das Interesse an ihr verloren zu haben, denn äußerst selten betrat er in der Folge ihr Schlafzimmer.

Am Hofe teilte man ihr die Rolle eines schönen Tieres zu. Bei allen Festgelagen hatte sie, aufgeputzt wie eine Puppe, neben ihm zu sitzen und die gesprochenen Plattheiten mit einem steinernem Lächeln zu begleiten. Sie haßte die Nebensächlichkeiten, mit denen sich die Männer in den Rausch soffen. Viele Gäste, Abgesandte, Handeltreibende, Künstler und Schmarotzer strömten damals durch die Gänge und Säle des Palastes, schließlich war Sparta das erste Könighaus des Landes. Eines Tages erschien sogar ein Botschafter aus dem fernen Troja. Ein besonders eitler Kerl, der, in einer Duftwolke schwebend, von sich selbst behauptete, der schönste Mann Hellas' zu sein. Paris

nannte er sich, und fand sich unwiderstehlich. Die schöne Schweigsame reizte ihn: immer wieder versuchte er, sie in Gespräche zu verwickeln und ihr andeutungsvoll die Hände zu halten.

3

Helena hörte, daß die Pfleger bereits beim Zimmer ihrer Nachbarin angelangt waren. Sie stand auf und trat an das Fenster. Draußen – vor dem Fenster – erstreckten sich fast endlos Hügel, dicht mit Olivenbäumen bewachsen. Paris, erinnert sie sich, war überzeugt davon, daß nur er, der Schönste aller Griechen, ein Anrecht auf die schönste Griechin, wie er es ausdrückte, habe. Und so fand sie sich eines Morgens, mit einem Mundknebel versehen und in einen alten Getreidesack gesteckt, auf einem gemächlich dahinschaukelnden Bauerngefährt. Paris hatte offensichtlich ihre Dienerin bestochen, ihr einen Betäubungstrank zu verabreichen. Die Dienerin selbst saß, in Bauernkleider gewickelt, vorne beim Kutscher und freute sich diebisch über die gelungene Entführung. Immer wieder drehte sie sich um und lachte ihre Herrin frech an. Sehr bald hatte man ein in einer Seitenbucht verstecktes Schiff erreicht, das eilends mit seiner Beute ablegte.

Während man sie aus dem Sack befreite und ihr eine Schüssel Wasser zum Reinigen des Gesichtes reichte, konnte sie kaum Paris' Hände von ihrem Körper fernhalten. Immer wieder legte er seinen Arm um ihre Hüfte, eine Hand fest auf ihr Hinterteil gedrückt, und sah ihr schmachtend in die Augen. "Helena, Schönste aller Griechinnen", flüsterte er ihr zu, "endlich bist du von deinem, dir unwürdigen, Mann befreit. Dir ist ein Schicksal an meiner Seite bestimmt, an der Seite dessen, den selbst Göttinnen zum Schönheitsrichter auserkoren haben."

Was blieb ihr schon viel anderes übrig, als sich ihm zuzuwenden, schließlich wollte sie ihr Leben nicht als Sklavin in einem fremden Land beenden. Und so ließ sie sich mit jenem, in Sparta wohl eingeübten, steinernen Lächeln von ihm besitzen. Während er auf ihr lag, dachte sie an Deukalion, an all die Liebe, die sie im Stande gewesen wäre, ihm zu geben, aber auch an die Traurigkeit seiner Melodien, an seine Angst, sich ihr zu nähern . . . .

4

Troja erwies sich als nicht sehr viel besser als Sparta. Wiederum hatte sie neben einem Gockel zu thronen: inmitten eines Hofstaates, den der alte Priamos um sich zu versammeln beliebte. Paris und sie führten ein recht langweiliges Eheleben, da er stets nur darauf bedacht war, seine Eitelkeit zu befriedigen. So auch, als die schöne Amazonenfürstin Penthesilea auf Staatsbesuch am Hofe des Priamos weilte. Fast hätte sie sich bereits damit abgefunden, doch nur Zierrat an der Tafel der Mächtigen zu sein. Aber es kam ganz anders. Zumindest anders, als der selbstbewußte, sich seiner Schönheit brüstende Paris es erhofft hatte: nicht er landete im Bett der wohlgebauten Fürstin, sondern Helena.

Nie hätte sie gedacht, den Körper einer anderen Frau anziehend, ja, erregend zu finden. Penthesilea gab ihr Zärtlichkeit, erweckte in ihr aber auch Selbstbewußtsein und Selbstachtung. Am liebsten wäre sie damals mit Penthesilea in deren Reich gezogen, aber das verbat wohl der Anstand und widersprach den guten Beziehungen, die zwischen den beiden Fürstenhäusern herrschten. Penthesilea war die einzige, deren Tod vor den Mauern der Stadt sie sehr viel später beweinte. Sie wußte, Penthesilea war ausschließlich ihretwegen den Trojanern zu Hilfe geeilt und nicht auf Grund des Beistandsabkommens, das Priamos und die Fürstin der Amazonen seinerzeit unterzeichnet hatten.

5

Helena starrte noch immer auf die Olivenbäume vor ihrem Fenster. In diesem Augenblick betrat ihr junger Pfleger mit rotem Gesicht das Zimmer. Sie setzte sich auf den Sessel, der vor ihrem Bett stand, und überließ ihr Haar der Pflege des jungen Mannes. Als er ihr wieder einmal beim Aufheben der entglittenen Bürste unbeholfen über die Schenkel fuhr, lächelte sie und tat so, als ob sie nichts bemerkt hätte. Heute fiel sein Besuch nur sehr kurz aus, und nach wenigen Minuten war sie wieder allein und ihren Erinnerungen überlassen.

Damals, sehr bald nach Penthesileas Besuch, hatte sich sehr viel in ihrem Leben geändert, nicht nur, weil sie endlich innerlich bereit war, die ihr aufgezwungene Rolle als schönes, harmloses Dummerchen abzulegen, sondern auch, weil die Kumpanen ihres ersten Mannes begonnen hatten, die Stadt Troja kriegerisch zu bekämpfen. Eines Tages zog nämlich eine Flotte von Schiffen auf, die in aller Eile Soldaten und Kriegsmaterial entluden. Im vorsichtigen Abstand zur Stadt errichteten sie, die Griechen, alsbald ein Lager, und sehr bald ertönte von dort der Lärm von Gelagen, die die siegessicheren versammelten Fürsten abhielten. Der fette Rauch von gebratenen, den Bauern in der Umgebung gestohlenen Schafen zog sich bis in den Palast.

Sie lächelte still. Kein einziger Prinz zu Troja starb in den Kämpfen mit den Griechen, der nicht zuvor zwischen ihren Schenkeln seine große Liebe beteuert hatte: selbst Hektor, der so hingebungsvoll seiner jungen Frau und seinen Kindern zugetan war! Helena stand von ihrem

Sessel auf und trat wieder an das Fenster. Erinnerungen an Patroklos drängten sich auf. Patroklos, der Unbeholfene, Patroklos, der Anhängliche, der treu Ergebene .... Der Arme zitterte vor Aufregung, als er zum ersten Mal in ihr Bett stieg .... Vielleicht, wenn sie ihn unter anderen Umständen kennengelernt hätte, vielleicht hätte sie dann zu ihm sogar etwas Liebe empfinden können ....

Während der langen Zeit des gegenseitigen Abschlachtens vor den Mauern der Stadt hatte sie kein einziges Mal Menelaos aktiv in einem Kampf verwickelt gesehen, genauso wenig wie Agamemnon oder irgendeinen anderen der so berühmten Fürsten, die alle zusammen es vorzogen, die vielgepriesenen Helden oder auch nur einfache Soldaten in den Kampf zu schicken. Später dann, als sich nur mehr Ausgemergelte müde Kämpfe lieferten, als sowohl die Stadt als auch das griechische Lager in Armut, Hunger und Seuchen zu versinken drohten, blieb sie oft wochenlang allein in ihren Räumlichkeiten. Im Grunde genommen war es belanglos für sie geworden, welche der beiden Seiten in diesem Krieg, in dem nichts mehr zu gewinnen war, die Oberhand behalten würde. Sie hatte weder von Paris noch von Menelaos Liebe oder gar nur Respekt zu erwarten. Als dann der Krieg doch zu Ende war und hohlwangig gewordene Sieger von Hunger entkräftete Besiegte ohne rechte Siegesfreude vor die Stadt führten, wurde sie kommentarlos dem Menelaos überreicht, der – ohne sie anzusehen – Anweisung gab, sie zu den anderen Beutestücken zu führen.

6

In Sparta eingelangt, wies man ihr das alte Zimmer wieder zu. Der Palast war kaum noch bewohnt, der lange Krieg hatte den königlichen

Haushalt fast vollständig verarmen lassen. Meist traf man sich in der riesigen, alten Küche, in der nunmehr bloß gelegentlich ein paar Hühner auf den Spieß gesteckt wurden und nicht wie früher ganze Ochsen und reihenweise Schafe. Alles war rar geworden am Hofe zu Sparta, nicht nur die Dienerschaft.

Menelaos blieb ihr auch in Sparta fern. Von einer alten Dienerin, die ihr noch aus alten Zeiten wohlbekannt war, erfuhr sie schließlich, daß er kaum noch im Stande war, das Bett zu verlassen: von Schmerzen gepeinigt, dämmerte er langsam seinem Tod entgegen. Die Krankheit – soviel konnte sie zumindest in Erfahrung bringen – teilte er mit einigen anderen griechischen Fürsten: Tribut an die lasterhafte, anfängliche Zeit der Belagerung Trojas, als man sich Tänzerinnen, Huren und Lustknaben aus Kreta kommen hatte lassen. Als er endlich starb und bestattet wurde, vergaß man, sie davon zu benachrichtigen . . . .

7

Der neue König zu Sparta – ein weitentfernter Neffe Menelaos' – hatte alles daranzusetzen, die Finanzen der Stadt wieder zu beleben. Am Anfang polterte er wie ein Großbauer durch die Stadt, um die Alten und Jungen auf die Felder und Weiden zu treiben, um die Bewohner Spartas wieder an einen geregelten Alltag zu gewöhnen.

Sehr lange dauerte allerdings die bäuerliche Zeit Spartas nicht: ein neidischer Verwandter des nunmehrigen Königs lauerte diesem auf und erschlug ihn auf offenem Felde, vor der fein säuberlich eingebrachten Ernte. Ein Fluch schien über dem Hause Menelaos' zu liegen: eine Welle gegenseitiger Blutrache legte danach das Land für Monate lahm. Der letzte Überlebende der Sippe saß dann auch nur ein halbes

Jahr auf Menelaos' Thron, bevor ihn ein offener Aufruhr verjagte. In diesem halben Jahr hatte er es jedoch geschafft, den Palast in ein Hurenhaus zu verwandeln. Jeder im Lande, soferne er über die nötigen Finanzen verfügte, hatte die Gelegenheit, die schönste Frau Griechenlands samt Dienerin für eine Nacht zu mieten. Sie, Helena, zwang er zu jeder Art von lukrativem Liebesdienst. Fette, ekelhafte Kriegsgewinnler aus ganz Griechenland reisten an, um der Frau, für die so viele vor den Mauern Trojas starben, zwischen die Beine greifen zu können. Während das ganze Land unter den Folgen des langen Krieges stöhnte, durften die Blutegel dieses Krieges an ihren Brüsten herumdrücken! Nie zuvor oder auch danach hatte sie sich so erniedrigt gefühlt. Den letzten feisten Neureichen hatte schließlich das erboste Volk aus ihrem Bett gezerrt und an den nächsten Baum gehängt. Auf den Straßen feierte man sie als Heldin, als eine der ihren, man feierte sie als Symbol des Sieges über die verhaßte Herrschaft.

Mehr als zwei Wochen lang schäumte der Aufruhr durch die engen Gassen der Stadt, bis sich endlich ein besonnener Mann fand, der mit Umsicht Sparta wieder in geordnete Bahnen lenkte. Dankbar wählte ihn das Volk umgehend zum neuen König, zu seinem König, wie es allerorten hieß.

Der Neue hatte nicht nur mit den zerrütteten Finanzen des Landes alle Hände voll zu tun, zum Erbe der Menelaos-Sippe gehörte schließlich auch Helena. Und er fand es unerträglich, daß die von allen Lumpen des Landes Erniedrigte weiterhin am Ort all diesen Schmachs leben sollte.

Gut zwei Tagreisen von Sparta entfernt, fand er schließlich einen großen, wohlgebauten Gutshof, eingebettet in Olivenhaine, einen Landsitz, der ihm geeignet schien, Helena und andere vom Krieg entwurzelte Frauen unterzubringen. Trotz der geringen Mittel, die ihm zur Verfügung standen, heuerte er aus benachbarten Dörfern Diener und Wächter zum Schutze und Wohle der nunmehrigen Bewohnerinnen des Gutes an. Es handle sich um ein gut ausgestattetes Asyl und nicht um ein

Gefängnis, erklärte er Helena immer wieder, die sich anfangs sträubte, den Palast zu verlassen. In der Folge kam er in regelmäßigen Abständen vorbei, um nach dem Rechten zu sehen und anstehende Entscheidungen zu treffen. Bei diesen Gelegenheiten erzählte er ihr dann vom Wiederaufbau des Landes, von den kleinen Erfolgen in den erneuerten Beziehungen zu den Nachbarländern.

Seine Fürsorglichkeit gestaltete allerdings seine Besuche in zunehmenden Maße zu langweiligen Pflichtübungen. Immer öfter, während er ihr berichtete, schweiften ihre Gedanken ab, die Erinnerungsschleußen weit geöffnet. Nebensächlichkeiten kamen ihr in den Sinn: das Muttermal Patroklos' unterhalb seiner rechten Achsel, die aufregende Rauhigkeit der Höfe um Penthesileas Brustnippeln, ihr dicht überwucherter Schoß . . . .

Kurz entschlossen stand Helena auf, nahm ihr Schultertuch und verließ ihr Zimmer. Sie überquerte den Hof und begann, in Richtung der Olivenbäume zu gehen. Vielleicht würde sie heute den Weg zurück in ihr ehemaliges Dorf entdecken. Den Weg zurück in ihre Jugend; den Weg zurück zu Deukalion; zurück zu ihm, den sicherlich selbst die Falten in ihrem Gesicht nicht stören würden.

Davids Rache

“Eines Tages bringe ich ihn um”, murmelte der noch halbwüchsige, junge Mann vor sich her, “ich bringe das Schwein um.” Er saß im Schatten eines Baumes und betrachtete nachdenklich die braunen und blauen Flecken an seinen Beinen und das Silberkettchen, das er um seinen rechten Fuß geschlungen trug. Aber die Zeit der Rache war noch nicht gekommen, noch hatte er ihnen in jeglicher Form zur Verfügung zu stehen. Er stand auf und wandte sich wieder der Zeltstadt zu. Weglaufen hatte wenig Sinn, die Wächter würden ihn ja doch nur wieder aufstöbern, genauso wie das letzte Mal . . . .

Bald würde der ungeschlachte Riese ungeduldig nach ihm rufen: “David, mein Täubchen, wo bist du? Singe zum Klang deiner Harfe, laß die Flöte erklingen!” Wirklich widerwärtig konnte er sein, aus einem Scharmützel mit den Philistern zurückgekehrt und noch mit dem Blut der erschlagenen Feinde beschmiert. Brutal griff er ihm dann zwischen die Beine und drückte die Hoden so fest zusammen, daß er vor Schmerz aufschrie. Er aber lachte bloß, warf ihn auf das Lager und bemächtigte sich seiner, vor Lust brüllend. Nicht selten schmiß er ihm danach die noch blutigen, abgeschnittenen Vorhäute der niedergemetzelten Philister in das Gesicht. “Hier, mein Vögelchen, hier ist der Preis des Kampfes, das Zeichen meiner Wohlgesonnenheit!”

Um die Angelegenheiten der Stämme kümmerte er sich kaum. “Wozu mäste ich denn die Priester?” erklärte er gelegentlich lauthals den Stammesältesten. “Wer frißt denn die besten Teile der Brandopfer, die Fettschwänze und die öligen Lebern? Sie mögen gelegentlich auch Recht sprechen, und nicht nur fressen!” Und damit waren die besorgten Stammesfürsten wieder entlassen. “Tretet sie in ihre fetten

Ärsche!", rief er ihnen – hämisch grinsend – noch nach, "tretet sie bis nach Sichem, um der Tradition richterlicher Zusammenkünfte genügend Rechnung zu tragen!"

Ja, richtig gemein konnte er sein, wenn er, stockbesoffen, wieder einmal seine Lanze nach ihm warf. Es schien ihn unheimlich zu belustigen, ihn vor Schrecken erstarrt zu sehen. "Sing doch, Täubchen, sing!" lallte er dann zufrieden lachend vor sich her, "sing von der Schönheit der Frauen und der Macht des Herrn der Berge!" Mitunter trieb er, von der aufreizenden Lieblichkeit des Gesanges aufgestachelt, ein paar Mägde in sein Zelt: die kreischenden Frauen band er einfach an den Bettpfosten fest und begattete sie abwechselnd. "Sing, Täubchen, sing!" rief er ihm dabei immer wieder zu, während er die um sich schlagenden Mägde mit dem Gewicht seines Körpers niederdrückte.

Nicht selten geschah es, daß er, nach einer Nacht voll Ausschweifungen, in die aufrichtige Betrübtheit eines Säufers verfiel und begann, sich selbst allerlei Gemeinheiten zu bezichtigen. Lange dauerten solche Perioden der Zerknirschtheit allerdings nicht an. Meist versammelte er dann – sich plötzlich seiner königlichen Würde besinnend – seine Knechte um sich, um wieder einmal gegen die Nachbarn anzurennen.

2

Sobald die Raufbolde losgezogen waren, kehrte Ruhe in die Zeltstadt ein. Nicht allerdings für ihn, denn kaum war der Alte aufgebrochen, begannen auch schon dessen Sohn und Tochter ihm nachzustellen. Der Sohn war dabei noch das kleinere Übel. Der drückte sich nur an ihn heran und wollte jene Zärtlichkeit und Vertrautheit erbetteln, die ihm sein Vater nicht geben konnte oder wollte. Seine um einige Jahre ältere Schwester dagegen geriet voll ihrem Vater nach: sie

überragte alle Frauen im Lager um zumindest einen Kopf und strotzte geradezu von männlichen Kräften. Sämtliche Heiratsvermittelungen schienen bisher an ihr abgeprallt zu sein: sie fand bloß spöttische Worte für die Bewerber. Lediglich ihren Vater ließ sie als richtigen Mann gelten. Trotzdem: er, David, reizte sie dennoch. Wahrscheinlich, weil sie ihn genauso besitzen wollte wie ihr Vater, aber auch, weil ihr Bruder, dieser lächerliche Schwächling, so sehr an ihm klebte. Keine Gelegenheit ließ sie verstreichen, den Harfen- und Flötenspieler in ihr Zelt zu beordern. Dort hatte er dann zu Füßen ihres Lagers zu kauern, auf dem sie nackt, mit breit gespreizten Schenkeln und abgewinkelten Beinen, zu liegen pflegte. Sich mit den Händen über ihre Brüste und ihr Geschlecht streichend, ergötzte sie sich dann an der Verlegenheit des Jünglings.

3

Was nützte es schon, wenn gelegentlich Samuel, der alte Priester, im Lager auftauchte und ihm zuflüsterte, er habe sich vom König abgewendet und plane, ihn, David, zum neuen König zu salben. Samuel stank erbärmlich, fast wie der Abtritt, den alle im Lager zu benutzen hatten. Zum König gesalbt zu werden von einem, dessen Hände schmutzüberkrustet waren und dessen Fingernägel noch Spuren abgekratzter Fäkalien aufwiesen, erschien ihm wenig erstrebenswert. Sicherlich, der König verabsäumte seine, ihm vom Volke auferlegten, Pflichten und setzte sich über angestammte Rechte gedeihlichen Zusammenlebens hinweg. Er betrachtete offensichtlich lediglich die mörderischen Überfälle auf die benachbarten Städte als die ihm angemessenen Pflichten. Dazu war er aber auch vorzüglich geeignet, denn keiner im ganzen Lande konnte sich mit ihm messen: seine körperlichen

Kräfte und sein hoher Wuchs verängstigten die Feinde bereits vor dem Ausbrechen der eigentlichen Kampfhandlungen.

Die ihm von Samuel angetragene Königswürde versprach allerdings Hoffnung auf Rache. Und dafür war er sogar bereit, den Gestank Samuels zu ertragen. Der sich überall verstärkende Unmut der Bevölkerung dem König gegenüber bestärkte überdies seine Hoffnungen: sehr bald würden sich selbst die Knechte von ihrem Herrn abwenden. Sie hatten schon längst die Nase voll, wie eine Räuberbande Philisterstädte zu überfallen und die männlichen Bewohner gewaltsam zu beschneiden. Nicht einmal die Frauen durften sie mitnehmen, immer mußten alle erschlagen werden. Und einige der Weiber hätten ihnen durchaus zugesagt!

Wie ein Stück Wild würde er ihn durch das Land hetzen, in die Berge treiben und ihn schließlich mit seinem eigenen Speer töten. Er sah ihn bereits am Boden liegend vor sich, um Gnade flehend. Nein, Mitleid verdiente er nicht! Wenn er dran dachte, wie oft ihn der König gewaltsam mißbraucht hatte, konnte keinerlei Mitleid in ihm aufkeimen. Er hatte zu sterben, gewaltsam zu sterben, genauso gewaltsam, wie er mit allen anderen verfuhr. Nicht einmal die Ehre eines würdevollen Begräbnisses würde er ihm zugestehen. Samuel, ja Samuel, der Stinker, und er würden hohnvoll vor der Leiche stehen und den Knechten befehlen, ihn abseits von allen zu verscharren.

Seine Tochter dagegen verdiente auf ihrem verdammten Bett wie eines der Philisterweiber vergewaltigt zu werden. Mögen ihre Schreie die Zelte erzittern lassen. Die Länge ihrer Beine, ihre zarten Brustspitzen, ihre entlang des Geschlechts gleitenden Finger würden nie wieder Erregung in ihm hervorrufen! In sein Frauenhaus eingesperrt, hätte sie danach ein männerloses Leben zu fristen .... Ihren Bruder dagegen würde er ganz einfach an irgendeinen wichtigen Stammesfürsten als Lustknaben verschenken ....

4

In der Zwischenzeit hatte er das Zeltlager erreicht und sah für eine Weile dem geschäftigen Treiben der Weiber zu. Sie alle gehören zu meinem Volk, dachte er sich, nicht ohne Stolz, schließlich hat Samuel mir die Königswürde versprochen. Ein einziger Gedanke beunruhigte ihn allerdings zunehmend: die Stimme, die seit einiger Zeit zu ihm sprach. "Sing Täubchen, sing!" raunte sie ihm stets zu, bevor sie wieder für eine Weile verstummte.

Die drei Heiligen Könige zu Autun

In Autun, in dem zu einer Skulpturensammlung umgewidmeten Kapitelsaal der dortigen Kirche – berühmt durch das romanische Tympanon über dem Haupteingang, die Ereignisse des Jüngsten Tages vorwegnehmend – befindet sich eine großartige Sammlung romanischer Kapitelle. Der erhenkte Judas, mit dem grimassenschneidenden Teufel an seiner Seite, läßt jeden Besucher erschauern. Autun: das ist der Meister der Eva, die, fast schwebend in orchideenartigen Ranken des Paradieses, Schönheit verströmt. *Ghiselbertus fecit*, wie es heißt. *Ghiselbertus*, der Maler in Stein, bestimmt die Abstraktheit romanischen Gestaltungswillens zu Autun.

Kein *Ghiselbertus fecit* schmückt allerdings die drei Heiligen Könige im Kapitelsaal: drei Heilige Könige, schlafend unter einer Decke, gewissermaßen ihre Kronen als Schlafhauben benutzend. Ein Engel nähert sich, berührt mit einem seiner Finger die Hand eines Schlafenden und weist auf den eben aufgehenden Stern von Bethlehem.

Sie schlafen, auf dem Rücken liegend, unter einer Decke. Schlafen sie in einer der damals viel benutzten Pilgerheimstätten, deren es so viele auf dem Weg nach Santiago de Compostella gab? Santiago, San Diego, der Heilige Jakob, dessen Leichnam auf wunderbare Weise an die Westküste Spaniens angeschwemmt wurde. Santiago, der Mohrentöter, der Vertreiber der spanischen Juden. *Matamoro*, *Matajudios*, wie seine Verehrer ihn zu nennen beliebten, stolz auf die Mehrzahl in *judios*. Drei Könige auf dem Wege nach Santiago? Drei Könige, die die Befreiung Europas von der Herrschaft der Heiden gelobt hatten?

Nicht sehr weit entfernt von Autun liegt Cluny, von wo aus die Idee von Kreuzzügen ihren Anfang nahm. Bernard von Clairvaux, der Wegbereiter der Zisterzienser durch Europa, lebte hier vermutlich lediglich ein bis zwei Generationen vor dem Gestalter der drei Heiligen Könige zu Autun. Ganz Europa stand unter dem Einfluß Bernards und seinem Bestreben, durch einen Kampf gegen einen äußeren Feind, gegen die Heiden, die – wie er immer wieder beteuerte – in schändlicher Weise über das Heilige Land herrschten, die Westkirche zu erneuern. Fast überall nahm man Bernards Appelle wörtlich auf: die Heiden auf dem Weg ins Morgenland, die Juden in den Städten entlang des Rheins waren die ersten, die dem heiligen Plünderer und Mörder in die Hände fielen. *Matajudios:* der Heilige Jakob, San Diego aus Compostella, kämpft nicht nur gegen die Gottlosen, die sich im alten Reich der Vandalen breitgemacht hatten!

Vielleicht stellen die drei Könige zu Autun – trotz ihrer Kronen und dem auf den Stern von Bethlehem weisenden Engel – bloß Provinzadelige dar, aus Navarra oder aus Aragon, die sich aufmachten, sich den Kreuzzügen anzuschließen? Vom Erbe ausgeschlossene jüngere Söhne, von großen Königreichen im Osten oder lediglich von Reichtum und dunkelhäutigen Weibern träumend? Und der Engel weist ihnen, ähnlich wie Kaspar, Melchior und Balthasar, den Weg nach Jerusalem: einen Weg zunächst in den Norden, einen Weg, der entlang des Pilgerpfades nach Santiago führt, den Weg an den Rhein.

2

Drei Heilige Könige schlafen unter einer Decke, auf dem Rücken liegend, die Hände starr an den Körper gepreßt. Ist es lediglich eine durch die Notwendigkeiten romanischer Perspektive vorgegebene Starrheit? Vielleicht ist bloß ein Augenblick festgehalten, und die beiden Äußeren wenden sich dem in der Mitte zu, die Hände unter der

Decke bewegend, liebevoll über den Bauch und das Geschlecht ihres Liebsten streichend? Vielleicht ist der in der Mitte auch lediglich ein Strichjunge, dem man spaßeshalber eine Krone aufgesetzt hatte, um seine Nacktheit zu betonen?

Ghiselbertus fecit. Eine Spelunkenszene steht der schwebenden Eva entgegen: vielleicht haben damals alle in der kleinen Stadt zu Autun von dem Verhältnis gewußt, das das hochgeborene Brüderpaar, die Herzöge zu P., mit dem Sohn des Gerichtsvollziehers pflegten. Eigentlich wollten die beiden sich ja den Kreuzzügen anschließen – so hatten sie es jedenfalls ihren Eltern gelobt – aber dann erlagen sie dem Reiz des jungen Burschen, der Weichheit seiner Haut, dem sprießenden Flaum auf seinem Geschlecht . . . .

3

Drei Heilige Könige schlafen unter einer Decke. Sie träumen von einem Engel, der ihren Blick einem aufgehenden Stern, der Venus, zuwendet. Der Engel und die immer näher kommende Venus verschmelzen zu einer einzigen Gestalt. Wie eine Schutzmantelmadonna öffnet sie ihr Gewand: es ist ein nacktes Weib mit Sonne und Mond unter ihren Füßen, den Zodiak um ihr Haupt geschlungen. Schlangen entringeln sich ihrem Geschlecht, aus ihren Brüsten tropft grünes Gift. Ängstlich verkrallen sich die Hände der drei Könige in der Decke. Es ist die Künderin des Jüngsten Tages, es ist eine Vorahnung von jenem Ereignis, dessen Darstellung nunmehr den Eingang zur Kirche von Autun schmückt.

Drei Heilige Könige schlafen unter einer Decke. Vor ihren geschlossenen Augen erstreckt sich die Landschaft, durch die sie der geschweifte Stern führen soll: kahle Hügel, umgeben von baumlosen, menschenleeren Tälern. Es ist heiß. Unter ihren Kronen bilden sich kleine Schweißperlen. Sie liegen auf der bloßen Erde, die einzige mitgeführte Pferdedecke als Schutz über sich ausgebreitet.

Das Wunder der Geburt des Messias hatte ihnen der Engel versprochen, bevor sie aus ihrer Heimat aufbrachen. Das Wunder, das sie schon so lange erhofften, das Wunder, das ihre von Lepra befallenen Beine – nunmehr sorgsam unter der Decke versteckt – heilen würde. Sämtliche Reichtümer, die ihre kleinen Königreiche aufzubieten hatten, führten sie mit sich, um sich von ihrer Krankheit loszukaufen. Viel war es ja nicht: ein paar kostbare Ketten und Becher. Und Weihrauch, jenes Harz, das von den heimatlichen Bäumen tropft. Zu Füßen dessen wollten sie alles legen, der die Löcher in ihren Waden und Schenkeln wieder zuwachsen lassen würde.

Der Engel lacht still vor sich hin. Er wußte, alle drei würden sehr bald ihrer Krankheit erliegen, schließlich war er es, Asrael, der Todesengel, der sie durch den Vorhof zur Gehenna führte. Der Stern verkörperte lediglich die Hoffnung, der die drei nachzureisen gewillt waren.

4

Drei Heilige Könige schlafen zu Autun. Sie bemerken weder den Judas in ihrer Nähe, der seine gequälte Seele von sich kotzt, noch die Touristen, die Tag für Tag lärmend durch den Kapitelsaal ziehen. Sie träumen von einer Zeit, als ein handwerklich begabter Mönch namens Ghiselbertus rohe Steine mit Leben erfüllte. Sie träumen davon, wie dessen Eva über dem Paradies zu schweben, über der Erde, über den Sternen.

Im Angedenken eines Engels

Eilig lief sie die Stiegengasse hinunter, in Richtung Gumpendorfer Straße, um vielleicht doch noch bei der Haltestelle Kettenbrückengasse eine U-Bahn zu erreichen. Spät war es geworden, nach Mitternacht, die Gassen rund um sie schienen in einem sommerlichen Tiefschlaf versunken zu sein. Wie riesige Mäuler standen die meisten Fenster offen, um die laue Luft in die Häuser zu locken. Plötzlich blieb sie stehen: aus einem der Fenster konnte man – sehr leise – die Stimme einer Geige hören, nur wenige Takte, dann war das Schließen einer Türe zu vernehmen, und die Geige wiederum verstummt. Irgendwie innerlich betroffen von dem sehr kurzen Musikausschnitt, ging sie bedächtig und gedankenverloren weiter. Es fiel ihr keines der ihr bekannten Violinkonzerte ein, das zu dem eben Gehörten paßte. Sie nahm sich jedenfalls vor, bei der nächsten Gelegenheit in eines der großen CD-Geschäfte zu gehen, um dort gründlich in der Klassikabteilung nach jenem Musikstück zu suchen.

Aber schon in der U-Bahn hatte sie ihr Vorhaben wieder vergessen: Sorgen um den Ausgang des kommenden Tages rückten in den Vordergrund; die Alltäglichkeit des U-Bahninneren gestattete keinerlei spätnächtliche Verträumtheit.

Es war bereits Spätherbst, nur mehr Reste brauner und gelber Blätter schmückten die Bäume, als sie zufällig an einem Sonntagvormittag das Radio mitten im Sonntagskonzert einschaltete. Sie wußte sofort, das konnte nur jenes Violinkonzert sein, das sie unbedingt erkunden wollte. Gespannt auf die Ansage, wagte sie nicht mehr, aus dem Zimmer zu gehen. Die Musik fesselte sie ganz besonders, ja, sie bedauerte, nicht schon früher mit diesem Musikstück vertraut gewesen zu sein. Endlich ertönte die Stimme des Sprechers: "... und zuletzt hörten sie das Violinkonzert von Alban Berg, *Im Angedenken eines Engels*, das der Komponist 1934, kurz vor seinem eigenen Tode, dem Gedächtnis der an Kinderlähmung verstorbenen achtzehnjährigen Tochter Alma Mahlers, Manon Gropius, widmete. Gespielt hat ... ."

Also Alban Berg, dachte sie. *Im Angedenken eines Engels,* was für ein schöner Titel! Ihr bekannte Bilder sah sie plötzlich vor sich: das traurig ernste Portrait Smaragda Bergs, meisterlich gemalt von Richard Gerstl, aber auch Edvard Munchs Serie "Das kranke Kind" drängte sich auf. Das rothaarig Gebrechliche bei Munch, das sie stets so beeindruckt hatte, vermischte sich in ihrer Erinnerung mit der Helligkeit von Smargada Bergs Kleid.

Der Titel des Musikstückes verbohrte sich in ihren Gedanken und ließ sie abschweifen. Engel. Dazu konnte sie sich sehr wohl auch die Leichtigkeit und Durchsichtigkeit präraffaelitischer Maler vorstellen. Fast erotisch anziehende Verkündigungsengel kamen ihr in den Sinn. Wie überhaupt ihr erst jetzt der versteckte Eros im Engelhaften bewußt wurde. Hatte nicht Munch in seinem Bild "Pubertät" – ein nacktes, halbwüchsiges Mädchen auf einer Bettkante sitzend – in Erinnerung an seine frühzeitig verstorbene Schwester gemalt? Das Mädchen: ein engelhaftes Gesicht, die Schüchternheit einer eben erwachten Körperlichkeit widerspiegelnd.

Doch dann belächelte sie ihre eigenen Gedanken. Heißt es nicht zu Beginn der Geschichte von Noah und seiner Arche: "Da sich aber die Menschen begannen zu mehren auf Erden und ihnen Töchter geboren wurden, da sahen die Kinder Gottes nach den Töchtern der Menschen, wie sie schön waren, und nahmen zu Weibern, welche sie wollten." Die Kinder Gottes, die vor den Menschen Erschaffenen, die Engel, verliebten sich in die Töchter der Menschen, "denn da die Kinder Gottes zu den Töchtern der Menschen eingingen und sie ihnen Kinder gebaren, wurden daraus Gewaltige in der Welt und berühmte Männer". Konnte ein *Im Angedenken eines Engels* nicht auch ein Gedenken an einen Engelmann sein? Nicht eine zerbrechliche, weibliche Schönheit wie bei Munch paßt in dieses Bild, dachte sie, sondern schon eher männliche Prächtigkeit, oder vielleicht gar männliche Lüsternheit? Schließlich “nahmen sie zu Weibern, welche sie wollten”, offensichtlich hatten also einige von ihnen mehr als eine Menschentochter erobert.

In ihrer Vorstellung sah sie ein Dorfes mit niedrigen, armseligen Häusern vor sich, die Dächer aus großen Steinplatten zusammengelegt. Vor einem dieses Häuser kniet ein Mädchen, das damit beschäftigt ist, das wenige der Natur abgetrotzte Korn auf einem Stein zu mahlen. Jedes Mal, wenn sich das Mädchen aufrichtet, um seinen Rücken zu strecken, kommt ein braungebranntes Gesicht zum Vorschein, aus dem große dunkle Augen hervorleuchteten. Gleichzeitig mit dem Aufrichten spannt sich, unter Andeutung versteckter weiblicher Formen, das Kleid über dem Oberkörper. Ein überaus schöner, weiß gekleideter Jüngling eilt zielstrebig auf das Mädchen zu. Er ergreift die Hand des Mädchens und zieht sie sanft mit sich fort: ein Engel hatte eine Menschentochter auserkoren.

Plötzlich wurde ihr bewußt, wie ärgerlich doch diese Geschichte in der Bibel ist. Eine typische Männerangelegenheit! Warum entstammten der Vereinigung der Engel mit den Menschentöchtern lediglich berühmte Männer und nicht auch berühmte Frauen? Warum mußten überhaupt die Kinder Gottes männlich sein, konnte nicht sehr wohl im gleichen Maße ein “Engelmädchen” das Kind eines Menschensohnes empfangen und gebären?

Nein, befand sie, ein Angedenken an einen Engel hatte ausschließlich dem Gedenken an ein körperlich gerade erwachtes Mädchen zu dienen, einer fast morbiden Mischung aus Eros und Tod! Sie bemerkte, wie wieder Munchs zerbrechliche Vorweiblichkeit ihre Vorstellungen zu besetzen begann.

Kurz entschlossen stand sie auf und trat an ihr Bücherregal, in dem sich auch etliche CD’s befanden. Sie hatte sofort gefunden, wonach sie suchte, nämlich Schuberts “Der Tod und das Mädchen”, ganz offensichtlich ebenfalls dem Gedenken an einen Engel gewidmet. Während sie Schuberts Musik in sich eindringen ließ, nahm sie sich fest vor, so bald wie möglich das Violinkonzert von Alban Berg zu erstehen. Vielleicht würde sie sogar eine Kunstkarte mit Munchs "Krankem Kind" auf die Schachtel kleben.

Der König der Franken in Syrien oder Raschi vor Akko

Fast alle Einwohner der kleinen Stadt Troyes drängten sich in den engen Gassen, um den Einzug des Herzogs von Bouillon zu bestaunen. Draußen, vor dem Stadttor, warteten seine prächtig gekleideten Gefolgsleute darauf, daß endlich der Stadtoberste erscheine, um ihren Herrn den ihm zustehenden würdevollen Empfang zu bereiten. Schließlich kam Bewegung in den Zug der Hofleute, doch Gottfried von Bouillon ritt achtlos an der einigermaßen verdutzten Bürgerabordnung vorbei. Er ritt auch vorbei an dem neuen Bürgermeistersitz, auf dessen Steinfassade die Bürger von Troyes so stolz waren. Gottfried von Bouillon sprang erst vom Pferd, als er sich vor einem kleinen, niedrigen, eher unscheinbaren Haus befand. Nicht der Herzog von Bouillon klopfte an die Türe dieses Hauses, sondern ein ratsuchender Besucher.

Es verging einige Weile – inzwischen hatte Gottfried von Bouillon in mehrfacher Weise die Friedfertigkeit seines Besuches bestätigt – als endlich jene Türe aufging und ein älterer Mann, offensichtlich ein Winzer der Tracht nach, heraustrat. Gottfried von Bouillon wußte, er hatte den Mann gefunden, den er suchte und dessen Ratschlag er dringend benötigte: Rabbi Schlomo Jitzaki, von seinen vielen Verehrern auch Raschi genannt, ihn, der offensichtlich in der Welt der Ungläubigen genauso zu Hause war wie in der heimatlichen Champagne. Es hieß, der von ihm gekelterte Wein mußte keinerlei Vergleich mit dem seiner Konkurrenten scheuen.

“Was kann ich für Euch tun?” sprach der Rabbi, vorsorglich aufgebaut vor seinen beiden Töchtern, Miriam und Jochabed, denn schließlich war die friedliche Art des Zusammenlebens in Europa seit einigen Jahren vorbei, hatten doch vor ziemlich genau 10 Jahren die Franken und mit ihnen die beutegierigen Kastilianer und Aragonier die Stadt

Toledo erobert. Toledo, deren Schönheit die Verse eines Judah Halevi zum Erleben erweckt hatten.

“Was kann ich, alter Mann, für Euch tun, junger hoher Herr?” wandte sich Rabbi Jitzaki nochmals höflich an Gottfried von Bouillon, der, verdutzt, dessen Tochter Miriam anstarrte.

“Sagt mir, Rabbi”, erhob Gottfried endlich seine Stimme, “werde ich es schaffen, Jerusalem von den Ungläubigen zu befreien und wieder heil in meine Heimat zurückkehren?”

“Ihr werdet Jerusalem einnehmen, aber es wird nicht das himmlische Jerusalem sein. Der Verlauf der Ereignisse gestattet Euch wahrscheinlich nicht, die heimatliche Champagne wiederzusehen: ich bin sicher, Euer Leben wird in Hunderten Kämpfen aufgerieben, vielfach werdet Ihr gar nicht mehr wissen, warum Ihr seinerzeit aus Frankreich aufgebrochen seid. Und Jerusalem werdet Ihr so zerstören, wie Eure Freunde vor nunmehr fast fünf Jahren Sizilien. Es scheint, die Schönheit der Poesie hat von nun an dem Kampfgeschrei von Kriegern zu weichen.

Denkt an mich, hoher Herr, wenn Ihr vor Jerusalem steht, und auch, wenn es an Euren endgültigen Abschied von dieser Welt geht! Und verzeiht meine harten, ehrlichen Worte, junger, hoher Herr!”

Gottfried von Bouillon konnte seinen Blick fast nicht von des Rabbis jüngster Tochter abwenden. “Wollt Ihr mit mir wetten, daß ich innerhalb von zwei Jahren wieder durch das Tor von Troyes reite?” versuchte er, etwas verärgert und trotzig, seine Enttäuschung über des Rabbis harschen Ton scherzend zu verbergen.

“Eine solche Wette verliere ich gerne, hoher Herr, und ich bin bereit, ein Fäßchen meines besten Weins dafür zu opfern”, lächelte der Rabbi, der sich bereits wieder nach seinen Studien sehnte, nach der Reinheit der geschriebenen Sprache, nach der Formulierung der fehlenden verbindenden Worte zu den sonst auseinanderstrebenden Geschichten in den Büchern Moses’.

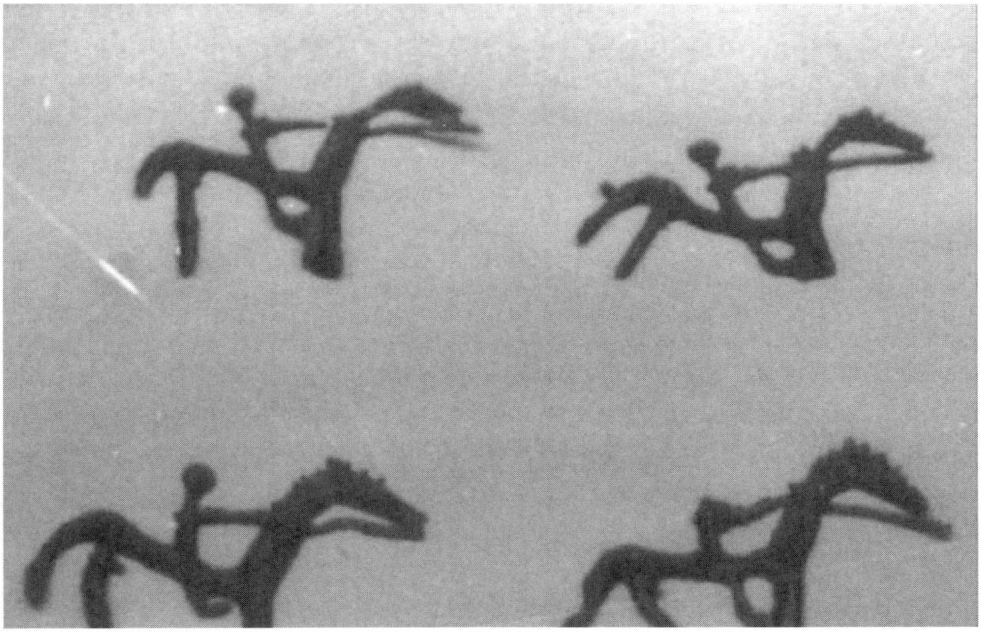

2

Fast zwei Jahre später, im August des Jahres 1098, hatte das Frankenheer unter der Führung Gottfried von Bouillons Jerusalem eingenommen, nachdem bereits Anfang Mai des selben Jahres die Stadt und Herrschaft Antiochia an die Franken gefallen war. Die Frankensoldaten zogen mordend durch die Stadt und erschlugen wahllos Muslims und Juden, während ihre Herren, die hochlöblichen Ritter, in der Oman-Moschee und in der "entferntesten" Moschee, in der Al-Aksa-Moschee, alles plünderten, was nicht niet- und nagelfest war.

An Raschi erinnerte sich Gottfried von Bouillon erst, als man ihm die eben geraubten Frauen und Mädchen zur Auswahl vorführte. Jede einzelne von ihnen schien Ähnlichkeiten mit den Töchter des Rabbis zu Troyes aufzuweisen. Je brutaler er sich jedoch dieser Frauen bemächtigte, umso ferner rückte das Bild der dunkelhäutigen Schönheit, die sich seinerzeit scheu hinter ihrem Vater versteckte hatte.

3

Gewiß, er, der König der Franken in Syrien, er, der Herr zu Jerusalem, hielt nun Gericht über alle, die ihm in dieser eigenartigen Stadt unterstanden. Lediglich die Grabkammern am Abhang des Ölbergs, die Absalom-Säulen und das Zacharias-Grab, wie die Leute diese Stätten benannten, jagten ihm immer wieder Schauer zeitlicher Entrücktheit über den Rücken. Es stimmt schon, diese Stadt hatte etwas Sonderbares an sich, befand er für sich, auch wenn in letzter Zeit sich in ihr vorwiegend fränkische Handwerker, kastilianische Mönche und andere Eiferer drängten.

Man kam auch mit der Zeit mit den angrenzenden muslimischen Grafschaften und anderen Herrschaften zu einem Ausgleich: Verträge wurden geschlossen, die den Handel und den freien Zugang zu Märkten regeln sollten. Lediglich im Norden gab es noch Widerstand von Seiten türkisch-stämmiger Herren, die jedoch bloß die Schiffahrt und den Handel mit der alten Welt bedrohten.

Im Grunde genommen, hatte er keinerlei Absicht, in das heimatliche Frankreich zurückzukehren, in das Land der kalten Winter, in das Land, in dem man nicht so einfach Weiber zum eigenen Vergnügen aufgreifen konnte. Aber die Unbotmäßigkeit der Herren zu Akko und deren Behinderung des Schiffsverkehrs mit Venedig verlangte nach Bestrafung, verlangte sehr wohl nach Ausräucherung dieses Widerstandsnestes.

4

Im Frühjahr des Jahres 1100 spitzte sich die Lage um Akko dermaßen zu, daß eine weitere Verschiebung des Straffeldzuges nicht mehr angebracht erschien. Gottfried von Bouillon sammelte alle seine Gefolgsleute um sich und zog in den Norden, gegen die unbotmäßige Stadt. Obwohl die Belagerung von Akko mit den neuesten technischen Mitteln erfolgte, wollte sich einfach kein Erfolg einstellen. Rammtürme wurden mit griechischem Feuer in Brand gesteckt, die Wachsamkeit der Verteidiger verursachte große Verluste im fränkischen Heer. Auch dürfte Akko vorgesorgt haben: nichts deutete auf eine Wasser- oder Lebensmittelknappheit innerhalb der Mauern hin. Im Lager der Franken dagegen herrschte Schmalhans als Küchenmeister, ja, selbst die wenigen Quellen in der Nachbarschaft der Stadt hatten sich gegen ihn verschworen: die einsetzende sommerliche Hitze ließ sie einfach versiegen.

5

Gottfried von Bouillon ritt um die Mauern der Stadt, die sich ihm so standhaft widersetzte. Plötzlich verspürte er einen stechenden Schmerz am Hals, genau an jener Stelle, an der sein Helm nicht genügend mit dem Kettenpanzer überlappte. "Verdammt!" fluchte er und versuchte, sein Pferd in Richtung des Lagers zu lenken. Ein Pfeil mußte ihn wohl an der einzigen Schwachstelle seiner Ausrüstung getroffen haben. Voll Zorn richtete er seinen Blick in Richtung der Mauerbrüstung, um den unheilvollen Bogenschützen zu erspähen: nichts, da war niemand! Lediglich die Sonne schien sich in einen flüssig-feurigen Ball verwandelt zu haben. Geblendet schloß er die Augen.

Müdigkeit und Schwere überfielen ihn: er mußte vom Pferd steigen. Noch einmal blickte er hinauf zu den Zinnen. Mit einem Male hatte er den Eindruck, dort oben, auf den Zinnen, würde er stehen, er, der Rabbi, und mit ihm seine Töchter.

"Seht den König von Jerusalem", hörte er ihn sagen, und es erinnerte ihn an die Verhöhnung des Erlösers als König der Juden. "Seht den König von Jerusalem, seht ihn, der auszog, Jerusalem von den Ungläubigen zu befreien, und der nun vor Akko seinen Tod fand. Die Champagne und seine im Herbst verfärbten Weinfelder wird er wohl nicht mehr wiedersehen". Frierend vom Blutverlust lag Gottfried von Bouillon auf dem Boden und hielt sich die Ohren zu: er konnte dieses sich ständig wiederholende "Seht den König von Jerusalem!" nicht mehr ertragen. Noch einmal richtete er sich auf. Die Pupillen seiner Augen weiteten sich, die Konturen der Stadtmauern von Akko verschwammen vor ihm. "Das himmlische Jerusalem, das muß das himmlische Jerusalem sein, von dem er gesprochen hat", dachte er, bevor Bewußtlosigkeit ihn erfaßte und er sterbend zu Boden sank.

Der Elefant Kaiser Karls des Großen

Ich heiße Simon. Simon, der Gewürzhändler. Das heißt, Gewürzhändler war ich eigentlich bloß, bevor ich Alkuin, den Kanzler des Kaisers, rein zufällig traf. Bis dahin bin ich, aus dem Süden Spaniens stammend, aus Malaga, mit meinem Gewürzsäckchen von Schloß zu Schloß gereist und habe den Vornehmen westlich und östlich des Rheins Safran aus Andalusien angeboten und Zimt und Weihrauch aus Arabien. Ein sehr angenehmes Geschäft, da ich nie mit sehr viel Gepäck unterwegs gewesen bin: den Safran hatte ich stets in einem kleinen Leinensäckchen um den Hals gebunden, die restlichen Waren befanden sich in einer einfachen Satteltasche. Der Safran stellte allerdings mein Hauptgeschäft dar, da der Verbrauch dieses Gewürzes bereits von alters her den Wohlstand seiner Genießer bezeugte.

Aber eigentlich wollte ich von Alkuin, dem Kanzler, erzählen. Ihn traf ich, wie ich schon sagte, rein zufällig, und zwar in der Nähe der Stadt Köln. Ich trottete langsam auf meinem alten, freundlichen Pferd sitzend dahin, als mich eine Eskorte von Berittenen überholte, in deren Mitte sich der Mönch Alkuin befand, eine lederne Rolle für Schriftstücke in der Hand haltend. Plötzlich blieben die Berittenen stehen, kehrten um und umringten mich.

“He, du da”, rief er mir zu, “du bist doch Jude, stimmt’s?”

Das war nicht schwer zu erraten, da doch fast aller Handel in diesen Teilen der Welt von uns Juden getragen wurde.

“Sprichst du auch Arabisch?”

“Wie sollte ich nicht die Sprache meiner Heimat sprechen, hoher Herr”, antwortete ich ihm mißtrauisch, vorsichtig darauf bedacht, den Berittenen nicht zu nahe zu kommen. “Jedermann aus Al Andalus spricht doch Arabisch, und wir Juden können sogar die Schrift lesen!”

“Dann komm mit!” lautete die kurze Antwort. Angesichts der wohlbewaffneten Eskorte fiel mir die Wahl nicht schwer, dieser Aufforderung Folge zu leisten. Angst um mein Safransäckchen hatte ich eigentlich nicht, obwohl mir die ganze Angelegenheit doch recht merkwürdig vorkam.

2

In der Kaiserpfalz Aachen angekommen, stellte sich sehr rasch heraus, warum man meine Dienste so dringend benötigte: der Kaiser hatte eine Botschaft vom Oberhaupt aller Muslime, vom Kalifen Harun al Raschid, erhalten. Alkuin, der Kanzler, wohlgebildet in vielen Dingen, wußte allerdings angesichts des in arabischer Sprache abgefaßten Briefes recht wenig mit diesem Schriftstück anzufangen.

Mir zitterten vor Aufregung die Hände, als man mich anwies, den Brief zu lesen und zu übersetzen, schließlich hat ein einfacher Jude wie ich nicht so oft die Gelegenheit, ein Schreiben des berühmten Kalifen zu Bagdad in Händen zu halten. In dieser Note – eigentlich dürfte ich Ihnen darüber nichts erzählen – also, in dieser Note lud der Kalif den Beherrscher aller Franken – wie er Kaiser Karl bezeichnete – ein, eine Delegation nach Bagdad zu schicken, um einen Handelsvertrag zwischen den beiden Reichen zu unterzeichnen, und bei dieser Gelegenheit die gegenseitigen Beziehungen zu erörtern.

Man kann sich leicht vorstellen, daß der Kaiser über diesen Brief überaus erfreut war, hatte sich doch die Weisheit des Kalifen, aber auch die Prächtigkeit seines Hofes selbst bis in die nördlichen Teile des Frankenreiches durchgesprochen. Obwohl der Kaiser für seine großen Sparkünste bekannt war, wurden mir zur Belohnung zwei Goldstücke in die Hand gedrückt. Danach wies man mich an, im Vorraum zu warten.

Wie ein gefangener Löwe in einem Käfig lief ich dort auf und ab und wartete darauf, daß man mir endlich mitteile, was nun weiter geschehen solle. Langsam wurde es dunkel, ich fror entsetzlich, denn obschon bereits der Spätherbst ins Land gezogen war, erwies sich die Kaiserresidenz als ungeheizt, da es dem Kaiser, diesem Pfennigfuchser, um jedes Holzscheit leid tat, das in den Kamin geschoben wurde.

Schließlich ging die Türe zum Audienzraum doch noch auf, und ein strahlender Alkuin trat auf mich zu.

"Simon, mein Freund", sprach er mich an, "der Kaiser hat soeben entschieden, dich zu meinem Ratgeber und Unterweiser in arabischen Angelegenheiten zu ernennen. Den Gewürzhandel kannst du beruhigt für eine Weile einstellen, denn der Kaiser versprach, dich ordentlich zu entlohnen und dir außerdem ganz besondere Schutz- und Reiseprivilegien zu erteilen. Wir fangen gleich morgen in der Frühe an. Du mußt mir alles erzählen, was du über Harun al Raschid weißt, aber auch über deine Heimat sollst du mir berichten, von der dortigen Gesetzgebung, schlicht und einfach alles, an das du dich erinnern kannst."

3

Und so war es dann auch: jeden Tag sind wir in der Folge beisammen gesessen. Während ich berichtete, machte er sich Notizen, manches Mal auch über Dinge, die er nochmals überprüfen oder genauer erfahren wollte. Nun, ich erzählte ihm zunächst von meiner unmittelbaren Heimat und dann über die prächtigen Städte, die unter der islamischen Herrschaft in Spanien bestens gedeihen. Insbesondere schwärmte ich ihm die Ohren voll über Cordoba, über die dort entstehende Moschee, La Mezquita Aljama genannt. Immer wieder mußte ich Alkuin die hufeisenförmigen Bögen, die Säulen und die Gewölbe dieses Gebäudes beschreiben. Er erkundigte sich aber auch genauestens über die jüdischen Gemeinden im islamischen Staat: er konnte kaum glauben, daß in einigen Städten Juden bedeutende öffentliche Funktionen wahrnehmen.

Ich glaube, nach einiger Zeit hatte Alkuin einen recht guten Einblick in die Verhältnisse im islamischen Spanien gewonnen. Sein Wissensdurst war allerdings fast wie ein Faß ohne Boden: selbst über meine Reiseerfahrungen im Reiche der Franken ließ er sich ausführlich von mir berichten. Im Laufe der Zeit sind wir uns natürlich auch persönlich etwas näher gekommen: wenn man jeden Tag viele Stunden miteinander verbringt, dann verschwinden langsam die Standesunterschiede. Sogar zu Juden.

Nach etlichen Monaten wurde ich schließlich entlassen, allerdings mit der Aufforderung, in genau drei Monaten wiederzukommen. Bei rechtzeitiger Rückkehr stellte man mir eine recht hohe Belohnung in Aussicht, dem Wert nach mehr, als ich je mit meinem Gewürzhandel verdient habe.

4

Sie werden es nicht glauben, aber innerhalb dieser drei Monate hatte der Kanzler meine eher chaotisch abgegebenen Ausführungen zu einem Handbuch zusammengefaßt, das der Einschulung und zur Anleitung für die Delegation nach Bagdad gedacht war.

“Und du, Simon, fährst mit als Übersetzer und Berater”, meinte Alkuin ziemlich bestimmt zu mir. Wie Sie sich vorstellen können, war ich damit sofort einverstanden, denn wie oft hat man schon die Gelegenheit, noch dazu als Offizieller, an den Hof des Kalifen zu reisen. Wäre ich je anderwärtig nach Bagdad gekommen, als einfacher

Mann von der Straße, hätte ich den Kalifen sicherlich nie zu Gesicht bekommen.

Sehr lange haben wir dann die Reiseroute geplant. Vermutlich hat er mich auch deswegen so ausführlich über meine Reiseerfahrungen berichten lassen. Es wurde jedenfalls beschlossen, unter Begleitschutz zunächst entlang des Rheins zu reiten, danach sollte möglichst ein Schiff am Bodensee benutzt werden. Zwei Alpenpässe habe man gehört, seien zu überwinden, bevor man nach Norditalien gelangte. Von Venedig aus sollte jedenfalls die Weiterreise wieder per Schiff erfolgen, und zwar entweder nach Byzanz, wo man immerhin mit der Unterstützung und der Hilfe des oströmischen Kaisers rechnen könne, oder direkt nach Akko oder Sidon.

Sie können sich sicherlich vorstellen, daß diese Reise von Aaachen nach Bagdad alles andere als bequem war. Bevor wir abreisten, schärfte der Kanzler allen Delegationsteilnehmern noch ein, sich ja nicht zu Unbesonnenheiten hinreißen zu lassen, und insbesondere, für mein Wohl zu garantieren, da ohne sprachkundige Vertrauensperson der Erfolg der Mission nicht gegeben sei.

Als Gewürzhändler bin ich stets allein unterwegs gewesen, außerdem kannte ich alle noch so kleinen jüdischen Gemeinden auf meinen Routen, in denen man Unterschlupf finden konnte. Nunmehr war ich mit einer Horde von Berittenen unterwegs, deren strenger Geruch nach Körperschweiß einem glatt den Magen ausheben konnte. Freiwillig steige ich auch nicht ins Wasser, aber wie Sie vermutlich schon gehört haben, gibt es bei uns Juden doch Gelegenheiten, bei denen gründliche Reinigungen vorgeschrieben sind. Am ärgsten habe ich jedoch die Schiffsreise von Venedig nach Byzanz in Erinnerung, denn leider hatten wir besonders schlechtes Wetter: hoher Seegang verfolgte uns fast bis in den Bosporus. In Byzanz angekommen, wurde der fränkischen Delegation ein feierlicher Empfang bereitet. Der Hof rümpfte zwar die Nase über meine Anwesenheit – ein Jude unter den Gesandten – aber an diese Art von Peinlichkeiten von seiten der rüpelhaften Franken war man ja in der Zwischenzeit schon gewöhnt. Nach einigen Tagen der Erholung ging die Reise quer durch Kleinasien weiter. Schließlich langten wir in Bagdad ein. Der Anblick der Stadt war überwältigend: die Palastgarde wartete bereits auf unser Eintreffen. Ich habe nie zuvor Soldaten auf Kamelen gesehen. Ich glaube, uns allen blieb glatt vor Staunen das Maul offen: der majestätische Gang dieser Tiere, die ausgesuchte Eleganz ihrer Reiter haben einen sehr tiefen Eindruck in mir und wahrscheinlich auch bei den anderen der Delegation hinterlassen.

Und das war erst der Anfang! Je näher wir dem Palast kamen, als desto reicher erwies sich die Gestaltung der Straßen und Plätze: grüne Fahnen, die Farbe Muhameds, wehten von allen Fenstern und Dächern. Und dann war er selbst da, Harun al Raschid, der Kalif, umgeben von einem Meer kostbar gekleideter Würdenträger, Diener und Schreiber.

5

Ich war ganz schön aufgeregt, als ich die Grußworte des Gesandten an den Kalifen zu übersetzen und danach auf all die Geschenke hinzuweisen hatte, die – wie ich es formulierte – der Herr der Franken, Kaiser Karl, trotz mühsamer Anreise der Delegation, dieser mitzunehmen beauftragt hatte. Zu meiner Überraschung hielten sich alle Franken peinlichst genau an das kleine Handbüchlein, das der Kanzler zusammengestellt hatte. Ich glaube, der Eindruck, den wir hinterließen, erwies sich als durchaus zufriedenstellend.

Da ich der einizige in der fränkischen Delegation war, der die Landessprache verstand, winkte mich der Kalif zu sich und begann, sehr interessiert Fragen zu stellen. Ähnlich wie seinerzeit Alkuin über die Araber, hatte ich nunmehr dem Kalifen über die Gebräuche und Gewohnheiten bei den Franken zu berichten.

Nie in meinem Leben hätte ich zu träumen gewagt, einmal dem berühmten Kalifen persönlich gegenüberzustehen. Sie müssen sich vorstellen: ein Jude aus Malaga, ein einfacher Gewürzhändler, bestreitet die Kontaktaufnahme zwischen dem fränkischen Hof und dem Kalifen zu Bagdad! Harun al Raschid äußerte sich sehr befriedigt über meine kurze, sachliche Darstellung und lud anschließend die Delegation zu einem Ehrenmahl ein, anläßlich dessen er sich bei jedem einzelnen aus der Delegation nach seinem Rang und seiner Aufgabe im Staate erkundigte.

Wiederum hatte ich die Aufgabe, diese Gespräche zu übersetzen, was sich als sehr nützlich erwies, da ich so die Gelegenheit hatte, die Antworten der fränkischen Edelleute mit den entsprechenden Höflichkeitsfloskeln zu versehen. Der Empfang endete zur vollsten Zufriedenheit aller Beteiligten.

Danach geleitete man uns in eine äußerst vornehme Karawanserei, in der, wie es hieß, von nun an stets die fränkischen Kaufleute untergebracht werden sollen. Die nächsten Tage verbrachten wir damit, in großer offizieller Begleitung die Stadt zu besichtigen. Die fränkischen Edelleute kamen einfach nicht mehr aus dem Staunen heraus: selbst Byzanz konnte sich nicht mit der Größe und dem Reichtum Bagdads messen.

Schließlich wurden wir noch einmal vom Kalifen empfangen. Er hatte in der Zwischenzeit eine ganze Karawane mit Geschenken an den obersten Herrscher aller Franken, wie er Kaiser Karl betitelte, zusammenstellen lassen. Nachdem er sich von allen sehr freundlich verabschiedet und dem Delegationsleiter einen persönlichen Brief an Karl übergeben hatte, kam er schließlich auch zu mir.

"Für dich, Simon aus Malaga, der du so vorzüglich unsere Sprache sprichst, habe ich eine ganz besondere Aufgabe." Er nahm mich beim Arm und geleitete mich zu einem Erker mit Sicht in einen luxuriösen, von Pflanzen und Blumen überwucherten Hof. Inmitten dieses Hofes stand ein mittelgroßer Elefant.

“Diesen Elefanten wirst du als Ausdruck meiner ganz besonderen Wertschätzung deinem Herrn überbringen. Das Tier ist an Menschen gewöhnt und nicht sehr anspruchsvoll. Auf dem Weg nach Akko, von wo aus ihr euch einschiffen werdet, werden dich meine Diener in dem Umgang mit diesem Tier unterweisen. Ich hoffe, ihr habt eine gute Reise. Im übrigen bin ich davon überzeugt, daß in Zukunft unser Verhältnis zu den Franken sich wesentlich einfacher gestalten wird als zu dem langweiligen, bigotten Kaiser in Byzanz.”

6

Am nächsten Tag verließen wir Bagdad. Eine ganze Armee prächtig gekleideter Soldaten begleitete uns auf Pferden und Kamelen. Und ich war mitten in diesem bunten Haufen mit dem Elefanten für Kaiser Karl! Offensichtlich auf Anordnung des Kalifen bereitete man uns in allen Städten, durch die wir kamen, einen herzlichen Empfang. Selbst die fränkischen Edelleute bekannten, daß die bunte Fröhlichkeit dieser Empfänge bei den Ungläubigen wesentlich angenehmer zu ertragen war als die korrekte Höflichkeit des byzantinischen Hofes, dessen Steifheit allgegenwärtig zu sein schien.

Als unser Schiff endlich in Richtung Venedig auslief, hat es mir fast leid getan, Abschied vom Reiche des Kalifen zu nehmen. Mit uns auf dem Schiff befand sich selbstverständlich auch der Elefant, dem die Schiffsreise so gar keinen Spaß zu machen schien. Ich blieb deshalb die ganze Zeit bei ihm, sprach auf ihn ein und kraulte ihn hinter seinen großen Ohren. Offensichtlich hatte Behemot, wie ich ihn zu nennen mir gestattete, beschlossen, mit mir Freundschaft zu schließen, denn jedes Mal, wenn ich nur auf kurze Zeit zu den anderen ging, begrüßte er mich beim Wiederkommen mit lautem Blasen durch seine lange Nase.

Sobald wir allerdings in Venedig angekommen waren, hagelte es schon Schwierigkeiten. Erst meine, mir vom Kaiser direkt verliehenen Reiseprivilegien konnten die Stadtsbirren davon überzeugen, daß ich, der Jude, zu Reisen überhaupt berechtigt war. Unser Delegationsleiter hatte persönlich beim Dogen zu intervenieren, damit auch Behemot das Schiff verlassen konnte. Überdies konnten es die Franken nicht erwarten, in ihre Heimat und zu ihren Familien zurückzukehren: sie drückten mir einen Beutel mit Goldstücken in die Hand und machten sich eilends aus dem Staub.

7

Und so standen Behemot und ich plötzlich ganz alleine da und hatten unseren Weg an den Hof Karls zu finden. Wie Sie sich leicht vorstellen können, erregten wir beide, ein Jude und ein Elefant, überall größtes Aufsehen. Überdies vertilgte Behemot täglich größere Mengen an Heu, was auch nicht immer so einfach zu beschaffen war. Um ihm den mühsamen Weg über die Alpen zu ersparen, beschloß ich, entlang der Küste bis zum Rhonetal zu wandern und erst von dort aus in den Norden zu ziehen. Viele Wochen lang waren wir beide unterwegs, stets in tägliche, lange Gespräche verwickelt. Das heißt, ich redete, und er hörte zu. Wenn ich einmal keine Lust zum Plaudern hatte, und wir eine längere Zeit schweigend neben einander gingen, stubste er mich mitunter sanft mit seinem Rüssel an, fast so, als wollte er sich für sein Schweigen entschuldigen.

8

Die Kunde von uns beiden als sonderbares Gespann hatte offenbar schnell die Runde gemacht, denn bereits in der Nähe des Rheins hat eine Gefolgschaft Alkuins uns ausfindig gemacht und schließlich sicher an den Hof Karls gebracht. Der Kaiser staunte nicht schlecht, als ich ihm Behemot vorführte und er unsere besondere Verbundenheit bemerkte. Leutselig erzählte er mir, daß er seine Gesandten gehörig gescholten habe, sich so einfach aus Venedig davonzustehlen. Zum Schluß wagte er sogar Behemots Kopf zu betätscheln. Dieser hob huldvoll seinen Rüssel, geradeso, als ob er die Begrüßung erwidern wolle.

Die nächsten Tage verbachte ich damit, Alkuin einen Bericht über unsere Reise nach Bagdad zu geben. Fast wie ein Kind wollte mich Behemot nicht zu meinen Unterredungen mit Alkuin gehen lassen. Bei meiner Rückkehr spielte er dann stets beleidigt: erst nach langem Zureden war er bereit, seinen Ärger zu vergessen. Sobald mein Bericht abgeschlossen war, wurde ich noch einmal dem Kaiser vorgeführt. Er überreichte mir freundlich lachend ein mit seinem Siegel versehenes Schriftstück, in dem ich zum allein berechtigten Führer und Verwahrer des vom Kalifen Harun al Raschid Karl, Kaiser der Franken, geschenkten Elefanten ernannt wurde.

“Niemand kann besser für dieses Tier sorgen als du, Simon”, erklärte er mir, “und da ich ein Geschenk des Kalifen nicht so einfach weiterschenken kann, habe ich mich, nach Beratung mit meinem Kanzler, zu dieser Lösung des Problems entschlossen. Praktisch gesehen ist das Tier dein, du kannst damit hinziehen, wo du willst! In meinem Reiche jedenfalls sollte euch beiden dieses Schriftstück ausreichenden Schutz gewähren. Und damit du das Heu für meinen Elefanten nicht aus der eigenen Tasche bezahlen mußt, soll dieser Beutel mit Goldstücken die Unkosten für einige Jahre bestreiten.” Damit war ich wieder entlassen, und Alkuin begleitete mich hinaus.

“Du hast dem Reich einen großen Dienst erwiesen, Simon”, fügte er noch hinzu, “möge dich der Elefant des Kaisers in eine gute Zukunft begleiten!”

9

Seitdem ziehen Behemot und ich durch den Süden Andalusiens. Hier an der Küste ist es selbst im Winter warm, was uns beiden, Behemot und mir, sehr behagt. Außerdem spricht man hier meine Sprache, die Sprache, in der ich mich zu Hause fühle. Für das Bestaunen von Behemot verlange ich einen kleinen Obulus, was übrigens auch für Euch, werter Herr, gilt. Wie ich schon sagte, mit Safran handle ich schon lange nicht mehr: seit einigen Jahren sorgt Behemot bestens für mich und meine Familie.

Tretet näher, werte Herrschaften, bestaunet den Elefanten, den unser hochlöblicher Kalif dem Kaiser der Franken durch mich überbringen ließ, und dessen Behüter laut Brief und Siegel des Kaisers vor Euch steht! Nimm den Korb, Behemot, und sammle ab!

Charon von der Weißgerberlände

Vom Beginn der schönen Jahreszeit an, bis in den Spätherbst hinein, spazierte jeden Tag ein älterer Mann die Weißgerberlände hinunter fast bis zur Schlachthausbrücke. Der Kleidung nach schien er recht wohlsituiert zu sein: stets war er mit tadelloser Hose und Rock bekleidet, eine passende Krawatte vervollständigte sein Äußeres, das selbstverständlich auch das Tragen wohlgeputzter Schuhe miteinschloß.

Etwa in der Höhe der nunmehrigen Anlegestelle zum Hundertwasserhaus nahm er auf der Praterseite des Donaukanals auf einer Bank Platz und hob seinen Blick für etliche Zeit nicht von dem graugrünen, eilig vorbeifließenden Wasser. Genau an dieser Stelle hatte sich vor Zeiten die Überfuhr befunden: eine mit einem Seil verbundene Zille, die, von einem Fährmann gesteuert, einem lange Umwege über die Franzensbrücke oder die Schlachthausbrücke ersparte. Zwar gab es da den traditionellen Unterschied zwischen den beiden Uferbereichen des Donaukanals – die Praterseite war wesentlich bürgerlicher, schließlich säumten etliche sehr schöne Villen die Rustenschacherallee – aber, wer von einer Seite auf die andere wollte, und sei es nur um einzukaufen, dem war die Fähre an der Weißgerberlände von großer Hilfe.

Jedermann im Grätzel kannte den beständigen Spaziergänger, seine Anwesenheit gehörte bereits ebenso zur Weißgerberlände wie die Bänke, die Sträucher und die herumtollenden Hunde, von ihren Besitzern vor das Haus geführt.

Der alte Herr, ein pensionierter Gymnasiallehrer für Latein und Griechisch, hatte früher zu den täglichen Benutzern der Fähre gehört. "Wohlan, werter Charon", pflegte er stets den Fährmann anzusprechen, “wohlan, setzt mich hinüber an das andere Ufer, auf daß die Parzen und Eurinyen auch heute nicht ihrer Pflicht als Prüfungsfragen enthoben werden.” Die Bezeichung Charon für den Fährmann war in der Tat mehr als zutreffend: es handelte sich um einen eher kleinen, gedrungenen Mann mit überaus großem Kopf, verunstaltet überdies durch weit abstehende Augen und Ohren. Er sprach kaum mit seinen Kunden, da sie ohnedies den Fahrpreis stets abgezählt in der Hand hielten. Meist bediente er bei jedem Wetter seine Zille und wartete selbst bei strömendem Regen auf sich verspätende Stammkunden. Gelegentlich kam es allerdings schon vor, daß er überhaupt nicht auftauchte. “Jetzt hat er sich wieder einmal im Prater versoffen”, befanden dann die Wartenden und traten murrend den Umweg über die Schlachthausbrücke an. Das waren dann auch die wenigen Anlässe, die zu einem nicht rechtzeitigen Eintreffen des Herrn Oberstudienrates in der Schule führten.

Er nahm ihm diese eher seltenen Ausfälle nie übel, gehörte doch der trunkene Silen zu seinen Lieblingsfiguren im altgriechischen Pantheon. Ja, er wäre sogar selbst gerne einmal sternhagelvoll besoffen, halbnackt auf einem Esel mühsam Balance haltend, über die Jesuitenwiese getrottet, in Erwartung einer hingebungswilligen Nymphe. Seine Frau allerdings, eine ehemals in ihrer Schule eher gefürchtete Mathematiklehrerin, ließ solche Unehrenhaftigkeiten erst gar nicht aufkommen: sie führte ihre Familie mit der gleichen Strenge wie ihre Klassen. Für Phantasien und Träumereien war sie genauso unempfindlich wie gegen bildende Künste, obwohl ihr klassische Musik sehr viel bedeutete, insbesondere Bach und Händel gehörten für sie zum Inbegriff von Kunst an sich. Auch wenn sie diesen Stadtteil, der sich wie ein Finger in die Praterauen bohrte, als Wohngegend sehr schätzte, dem Donaukanal und der Eigenartigkeit der Häuser dem Ufer entlang konnte sie nie sehr viel abgewinnen. Hier wohnte man eben, ging Sonntags zum Heustadelwasser spazieren und besorgte den Einkauf “drüben”, so mühsam sich das auch manches Mal gestaltete. Seit er allerdings –

eher durch Zufall – die Landschaftsbilder des Richard Gerstl von der Weißgerberlände gesehen hatte, ein sich auflösendes Gelb und Grau vor dem grünen Dunst des Praters als Hintergrund, war er davon überzeugt, auf klassischen Gefilden zu wandeln. Wo anders in der ganzen Stadt setzte einen schließlich Charon täglich zweimal an das jeweilige andere Ufer über?

Während er auf seiner Bank am Kanal saß, kehrten seine Gedanken gelegentlich in die Zeit kurz nach dem Krieg zurück. Im Frühjahr 1945 hatte der Donaukanal als eine der letzten Verteidigungslinien der flüchtenden Nazis und SS-Truppen gedient. Nur Trümmerhaufen säumten damals die Ufer des Kanals, selbst das grüne Flimmern des Praters hinter den Häusern schien abgestorben zu sein. Es hatte dann doch bis spät in die 50er Jahre gedauert, bis die ärgsten Wunden der Stadt verheilt waren. Gerade in diese Periode der Armut ist sein Studium an der Universität gefallen, aber auch erste, durchaus ernst gemeinte Mädchenbekanntschaften hatten sich eingestellt. Nein, nicht die Armseligkeit seiner Studienzeit bedauerte er, sondern die unendliche Verlogenheit der damaligen Zeit: Rentenklau, rote Katze und kommunistische Putschgefahr hatten eigentlich nur dazu beigetragen, lückenlos und ohne gröbere Einschnitte den Übergang aus dem Nazi-Regime zu ermöglichen.

Er selbst war stets darauf bedacht gewesen, jede Art von Kontakt zur Politik zu vermeiden, ja, vielleicht waren die unliebsamen Erinnerungen an die Nazizeit mit ein Grund, warum er – fast wie eine Flucht aus der Realität – ausgerechnet klassische Sprachen als Studium wählte. Den alten griechischen Sagen hatte von jeher sein Interesse gegolten, in all der Vielheit lokaler Mythen, die sich von den westlichen Inseln bis nach Kleinasien erstreckten. Diese alten Geschichten und Sagen bestimmten größtenteils seine innere Welt. Längst hatten einzelne Gebäude, Häuser und Plätze in seiner Umgebung nur für ihn verständliche Namen erhalten: Lesbos, Kolchis und Attika befanden sich in unmittelbarer Nachbarschaft zu den Kykladen, genauso wie Theben und Mykonos. Und er hielt auch innerliche Zwiesprache mit dieser Welt. Seine Wohnung verlassend und langsam zur Fähre gehend, konnte er so alle Stationen der Heldentaten eines Theseus durchlaufen oder an rituellen Festen auf Aulis teilnehmen. Nymphen und Plejaden begrenzten die Jesuitenwiese, Daphne hatte sich in einen Fliederstrauch an der Lände verwandelt, ja, und unten am Donaukanal wartete täglich Charon, um ihn an das andere Ufer zu bringen.

Ein Spinner war er trotz all dem nicht, er liebte bloß dieses kleine Spiel, das ihm sozusagen als geographische Gedächtnisstütze half, die Vielzahl der Namen und die teilweise überlappenden Motive in Erinnerung zu behalten. In der Schule brachten ihm die Kollegen durchwegs größte Hochachtung entgegen, vielleicht auch, weil es ihm stes gelang, junge Menschen zu begeistern. Insbesondere der Direktor war sehr von ihm angetan, gab es doch in den Klassen, die er als Klassenlehrer begleitete, nie auch nur die kleinsten disziplinären Schwierigkeiten. Sicher, etwas vermißte er jetzt in der Pension schon den Umgang mit Kindern und Jugendlichen, hatte er es doch stets als sein größtes Privileg betrachtet, junge Menschen heranwachsen zu sehen: aus Kindern wurden plötzlich kleine Erwachsene, die sich hinter Ernsthaftigkeiten zu verstecken beliebten, und die nur langsam die sie umgebende Realität zur Kenntnis zu nehmen begannen. Seine größte Beglückung bestand darin, gelegentlich einer Klasse vom Schuleintritt bis zur Matura vorzustehen, sie durch die Gefahren der Pubertät zu begleiten, und sie schließlich als auf das Leben begierige, junge Menschen zu entlassen.

Während er seine täglichen Spaziergänge unternahm – seine Frau mühte sich an Vormittagen stets mit der Abfassung eines, ihren Ansprüchen gerechten, Lehrbuches der Mathematik für die Oberstufe ab – kamen ihm selbstverständlich auch gelegentlich ehemalige Schüler in den Sinn. Er versuchte sich dann vorzustellen, was aus dem oder jenem in der Zwischenzeit geworden sei. Klarerweise hatte er ihm besonders ans Herz gewachsene Schüler, nicht unbedingt solche, die sich in seinen Fächern hervorragend auszeichneten, nein, es konnten durchaus auch Schüler sein, die sich nur mit größter Mühe durch die Schule kämpften, Schüler, in deren Elternhaus es nicht zur Selbstverständlichkeit gehörte, eine Mittelschule zu besuchen: Schüler, die in der ungewohnten schulischen Umgebung soziale Anpassungsschwierigkeiten hatten.

Früher, als er noch in der Schule tätig war, kamen sogar manches Mal ehemalige Schüler vorbei, um sich nach seinem Befinden zu erkunden und über ihre Erfolge auf der Universität oder in ihren Berufen zu berichten. Seit seiner Pensionierung versiegten jedoch auch diese, durchaus erwünschten, Rückmeldungen. Es blieben ihm demnach nur Vermutungen und Spekulationen, aufgebaut auf ihm wohlbekannte Neigungen und Charaktereigenschaften.

Es wurde allerdings immer seltener, daß er sich seiner Lieblinge erinnerte, denn je länger er sich in Pension befand, umso weiter entfernt erschien ihm die Realität der Schule und der Schüler. Viel näher vor ihm lag die ehemalige Anlegestelle der Fähre und Daphne, der Fliederbusch, gleich hinter seiner Bank. Vor allem sie versuchte er in seine innerlichen Selbstgespräche einzubinden.

“Was meint Ihr, werte Daphne, hat Zeus dazu gebracht, Leda ausgerechnet in der Gestalt eines Schwans zu begatten? War es die Lieblichkeit ihrer Gesichtszüge, der sanfte Schwung ihrer Hüften oder – wie vulgär – die füllige Rundheit ihrer Brüste? Ihr meint, dies sei eine unpassende Frage, nicht würdig eines alten Griechischlehrers? Ihr irrt, meine Liebe! Zeus scheint ja mit Bedacht sich ganz bestimmten jungen Frauen genähert zu haben, wie sonst, Verehrteste, erklärt Ihr Euch, daß Europa sich ausgerechnet in einen jungen Stier verliebt hat?”

Es störte ihn kaum, daß Daphne ihm Antworten auf dermaßen ungeziemende Fragen verweigerte, schließlich hatte sie ihrem Ruf von Scheu- und Schüchternheit gerecht zu werden. Ihm machte es jedenfalls unbändigen Spaß, sie mit Fragen und Bemerkungen in Verlegenheit zu bringen. Meist jedoch verwickelte er sie bloß in langwierige Diskussionen, geborgt bei Platon oder Aristoteles, ganz darauf erpicht, sie mit vermeintlichen Widersprüchen zu verunsichern.

Sobald ihm seine Gespräche mit Daphne langweilig wurden, stand er von seiner Bank auf und machte sich auf den Heimweg, der ihn an Paros und Naxos vorbeiführte, und der von Poseidons wilden Gesellen und Gespielinnen gefährlich durchflutet war.

Seit vielen Jahren schlug ihm seine Frau in regelmäßigen Abständen vor, doch eine lange Studienreise durch Griechenland oder zu einigen Inseln zu unternehmen: "Willst du wirklich nicht einmal auf der Akropolis in Athen stehen und jene Säulen sehen, deren Form du deinen Schülern jahrelang eingetrichtert hast?" Säulen! Es kostete ihn stets einige Mühe, ihren wohlgemeinten Eifer zu bremsen. Wie sollte sie, die Mathematiklehrerin, auch je verstehen, daß für ihn der Unterricht der klassischen Sprachen lediglich ein Spiel mit Imaginationen darstellte? Schließlich wußte nur er um die Bedeutung des Fliederstrauchs gleich hinter der Bank in der Nähe der ehemaligen Anlegestelle der Fähre. Ein Fliederbusch names Daphne, zu dem ein langweiliger, grobschlächtiger Ruderknecht gehörte, der jederzeit Charons Mission übernehmen hätte können!

Sulamit

"Was, ich soll Ihre Kinder gefälligst nicht anschreien? So eine Frechheit! Ihre Lieblinge trampeln ständig durch meinen Gemüsegarten, und ich soll vielleicht noch freundlich dazu lächeln? Ist Ihnen nie der Gedanke gekommen, daß manche Leute das bißchen Gemüse dringend benötigen, das auf diesem verdammt steinigen Boden wächst? Sie glauben wohl, die Palastküche versorgt uns täglich mit ausgesuchten Leckerbissen, wie? Vielleicht, weil unser kleines Haus lediglich von Offiziershäusern umgeben ist? Sie haben wohl noch nie darüber nachgedacht, warum es ausgerechnet zu diesem Grundstück hier keinen Zutritt gibt? Daß Ihre Famlie und die der anderen hier wie ein lebender Zaun uns vor jedem 'ungewollten Kontakt' mit Bürgern dieser Stadt schützen sollen? 'Kontakte', wie es in der Sprache der Hofschranzen lautet! Die paar Zwiebel und das andere Gemüse, das sind der einzige Luxus, den wir uns gestatten können. Zwiebel mit Brot zum Frühstück, Zwiebel mit Brot zu Abend, und mittags eine Mehlsuppe, tagaus und tagein. Ja, liebe Frau, darin besteht das Menü der ehemaligen Frauen am Hofe des großen und berühmten Königs David. Die Alte, drinnen im Haus, die kaum noch aus dem Bett kommt, sie ist die Tochter König Sauls, jawohl, sie ist die erste Gemahlin Davids. Ihnen sind wohl diese Namen kein Begriff mehr, wie ich aus Ihrem Gesicht ablesen kann?

Sehen Sie, der jetzige König, ein Schwächling sondergleichen, der kaum das von seinem Vater ererbte Reich zusammenhalten kann, nun, der ist ein Sohn von Salomon. Zumindest dieser – hoffe ich – ist Ihnen ein Begriff. Ja, richtig, genau der, der den Tempel errichten ließ. Nun, Salomon wieder war ein spätgeborener Sohn des alten David. Wir drei alten Weiber in diesem Hause sind ehemalige Frauen eben dieses

David. Ich jedenfalls war die allerletzte rechtmäßige Frau des Alten. Können Sie sich vorstellen, mit knapp dreizehn Jahren hat man mich in das Bett eines alten Mannes gesteckt! Vermutlich sollte ich in den ewigen Nachfolgekämpfen seine Aufmerksamkeit auf einige Zeit ablenken. Er hat mich kaum beachtet: ich bin wie ein Brett neben ihm gelegen und habe nicht gewagt, mich zu bewegen.

Irgendwann während dieser Nacht ist er in meine Nähe gerollt. Er hat dabei – wahrscheinlich zufällig – seine Hand auf meinen Bauch gelegt und sich danach sofort wieder umgedreht. Die ganze Nacht habe ich still vor mich hingeweint, schließlich war ich doch noch fast ein Kind. Kurz bevor der Morgen graute, hat er sich dann angemacht! Hier lag ich, Sulamit, das – wie viele damals behaupteten – schönste Mädchen im ganzen Lande, neben einem offensichtlich verblödeten Greis, der sich eben beschissen hatte, und ich wußte mir nur mit Tränen zu helfen.

Am nächsten Abend, nachdem die Diener das Gemach verlassen hatten, legte ich mich ganz einfach neben das Bett auf den Boden. Und so vergingen Wochen. Tagsüber steckte man mich zu den anderen Weibern, die mich argwöhnisch betrachteten und bloß über mich zu witzeln wußten. 'Seht bloß die winzigen Brüste der Kleinen', spotteten sie, 'und das soll die Schönste Judäas sein? Kein Wunder, daß David keinen Gefallen an ihr findet und es bisher nicht einmal der Mühe wert gefunden hat, sie zu besteigen.'

Lediglich Prinzessin Michal hat sich nie an diesem Spiel beteiligt. Im Gegenteil: sie nahm mich bei der Hand, zog mich wortlos in ihr Gemach und fuhr mir mit der Hand sanft über das Gesicht. In den wenigen Wochen bis zu Davids Tod, die ich im Frauenhaus verbringen mußte, bin ich fast so etwas wie ihre Tochter geworden. Sie lehrte mich Musik und andere Kunstfertigkeiten zu lieben: viele Stunden verbachte sie damit, meine ungelenkigen Finger den Gebrauch von Saiteninstrumenten zu lehren. Jeden Abend führte man mich wie eine Deckhündin in Davids Schlafgemach, wohl in der Hoffnung, daß

seine Manneskraft noch ein einziges Mal erwachen und ein vielleicht posthumer Sohn das Gleichgewicht der Thronansprüche empfindlich stören würde. Mit der Zeit tat er mir fast leid: er wand sich vor Schmerzen, stöhnte und wimmerte vor sich hin, oder führte lange Selbstgespräche.

Wenn die das im Palast wüßten, was für Geschichten ich da Nacht für Nacht mitzuhören hatte, hätten sie mich schon längst umbringen lassen. Alleine die Geschichte mit Goliath, die fast jeder im Lande kennt, scheint ganz anders abgelaufen zu sein, als man sie nunmehr zu erzählen beliebt.

Und erst die Affaire mit Abigail! Seine Worte, im tiefsten Schuldgefühl vor sich hergemurmelt, handelten nicht gerade von einer Liebesgeschichte: schlicht und einfach vergewaltigt hatte er sie, als er und sein Haufen plötzlich aus den Bergen auftauchten, verhungert, verlaust und wild vor Gier nach Weibern. Sicherlich, Abigail war eine schöne Frau, doch die Liebe, die da unvermutet in sie eingeschossen sein soll, stellt bloß eine schlechte Ausrede für einen gewaltsamen Ehebruch dar, nicht zu reden von der Tatsache, daß er Abigails Mann einfach umbringen hatte lassen.

Auch schon ein Wunder, daß er sie später zur Frau nahm: die politischen Umstände erforderten ja geradezu eine eindeutige Klärung dieses Verhältnisses.

Nehmen Sie mich als Beispiel! Kaum war David verstorben, als auch schon Salomon die Macht an sich riß. Wir, die Frauen des verblichenen Königs, wurden wie Tiere eingesperrt, wohl um zu vermeiden, daß durch etwaige Heiraten Erbansprüche gestellt werden können. Lediglich Bath-Seba, die Mutter Salomons, war von allem ausgenommen. Ausgerechnet sie, die sich stets am abfälligsten über mich ausgelassen hatte! Keine Nachrichten durften an uns weitergegeben werden, wir waren mehr oder weniger dazu angehalten, möglichst leise und unauffällig vor uns hinzusterben. Nur drei von uns überlebten Salomons Gefängnis: nun sind wir drei alten Weiber kaum mehr gefährlich für den Hof, vielleicht am ehesten noch Michal, weil sie zugleich auch das Haus Sauls vertritt.

Sie glauben wohl, es war bequem, zum Hofe des Königs zu gehören? Ich bitte Sie! Mit Ausnahme des alten David, der ganz offensichtlich rein zufällig eine Hand auf meinen Bauch gelegt hatte, hat nie ein Mann mich berührt. Ich war schlicht und einfach dazu verdammt, langsam zu einer alten Schachtel zu verdorren. Wie habe ich mich manches Mal danach gesehnt, Kinder zu haben, eine Familie, ein ganz normales Leben führen zu dürfen. Aber nein, mich steckten sie in das Bett eines alten, todkranken Mannes!

Wie wir schließlich hier gelandet sind, in diesem kleinen Haus, umgeben von einem Wall von Offiziersbehausungen? Das ist sehr leicht zu beantworten: dem derzeitigen König erschien die Weiterführung des Frauenhauses seines Großvaters als zu aufwendig, vor allem, weil sein eigener Vater etliche hundert Frauen und Kebsen hinterlassen hatte, die er von nun an in einem abgetrennten Teil des Palastes erhalten mußte. Uns drei alte Vetteln hat man mehr oder weniger hinausgeschmissen. Die winzige Rente, die uns der Hof aussetzte, reicht kaum für das tägliche Brot. Ich bin ziemlich sicher, daß sie uns eines Tages selbst noch aus diesem Haus verjagen werden. Wahrscheinlich mit dem Vorwand, daß es für wichtigere Zwecke benötigt werde.

So, und nun werden Sie vielleicht auch verstehen, warum die Zwiebel, die ihre Kinder gerade zertreten haben, für uns so wichtig sind. Glauben Sie mir, ich würde liebend gerne auf diesen kleinen Gemüsegarten verzichten, wenn es die Umstände ermöglichen würden. Es war wirklich nicht mein großer Lebenstraum, einmal – als die allerjüngste von Davids Frauen – für seine älteren Gemahlinnen die Pflegerin zu spielen. Naja, es stimmt schon, Prinzessin Michal wurde für mich im Laufe der Jahre wie eine Mutter oder zumindest wie eine ältere Verwandte, aber Vergnügen ist es nicht gerade, alle paar Tage die Bettwäsche wechseln zu müssen. Auch für mich werden diese Tätigkeiten langsam zu anstrengend!

Sie wollen uns von nun an täglich einen Korb mit frischem Gemüse bringen? Das ist sehr nett von Ihnen und zeigt, daß Sie offensichtlich doch etwas Mitgefühl für alte Leute aufzubringen vermögen. Ähnliches haben allerdings schon in der Vergangenheit etliche Frauen in unserer Nachbarschaft versucht. Sobald dies jedoch den anderen Nachbarn bekannt wurde, hat man jedes Mal die Männer dieser Frauen versetzt. Und, glauben Sie mir, es handelte sich nicht vielleicht um Beförderungen, nein, stets endeten solche Versuche von Nachbarschaftshilfe in Strafversetzungen in die judäische Wüste, aus der kein Weg mehr zurück in eine bessere Position führte. Am besten, Sie ignorieren uns, genauso wie die anderen Familien rund um uns, und sorgen dafür, daß Ihre Kinder in Zukunft nicht mehr durch meinen Gemüsegarten tollen.

Wie, Sie wollen trotzdem den entstandenen Schaden ersetzen? Das ehrt Sie, aber bitte, machen Sie aus solchen Gesten keine Gewohnheit: es könnte für die Karriere Ihres Mannes sehr abträglich sein.

Und jetzt entschuldigen Sie mich bitte, denn meine Mitbewohnerinnen bedürfen meiner Hilfe. Ohne mich wären die beiden Alten schon längst verhungert. Wahrlich nicht das Schicksal, das sich ehemalige Gemahlinnen König Davids verdient haben!

Was, Sie wollen mehr über die goldene Zeit Judäas hören?

Sind Sie sicher? Auch das kann für Sie nicht gerade ein Vorteil sein. Vielleicht sollten Sie bloß einmal vorbeikommen, um meine beiden Mitbewohnerinnen zu besuchen. Die beiden wissen nämlich wesentlich mehr über die Zeit Davids zu berichten als ich, schließlich haben sie einen Großteil dieser Zeit miterlebt. Ich, Sulamit, von der man einst behauptete, die Schönste im ganzen Lande zu sein, war ja fast noch ein Kind, als der Alte starb . . . ."

Habakuk

Eine mehr als lebensgroße Holzstatue Donatellos aus dem Jahre 1451 fesselt den Betrachter auch noch zu Beginn des zweiten Jahrtausends durch fast abstoßende Häßlichkeit: ein dürres, zahnloses Weib mit langen Zotteln, die bis zu den Knien reichen. Das hervorstehende Brustbein, die zum Betteln erhobenen Hände, die Knochigkeit der Beine und Füße, verstärken den Eindruck von Armseligkeit. Jedoch diese durch Verwahrlosung entstellte Gestalt, sie bettelt nicht, sie erhofft kein Mitleid: diese Skulptur Donatellos stellt Maria Magdalena dar. Ist es eine ehemalige Hure, die auf Vergebung für Lotterhaftigkeit wartet, eine Maria Magdalena penitente, eine bereuende Maria Magdalena, die Donatello zur Warnung verwerflicher Begehrlichkeit im Weibe geschaffen hat? Oder bloß das Gegenstück zu jenem Christus am Kreuze, das nunmehr hoch oben in einem Seitenteil der Kirche Santa Croce zu Florenz hängt und eigentlich einen Bauern am Kreuz darstellt? So realistisch und gewöhnlich, daß diese Kreuzigung den Unmut der damaligen Zeitgenossen erweckt hat.

Donatellos Maria Magdalena ist eine von allen Verstossene, durch Entbehrung Abgemagerte, eine Rechtlose, die lediglich von dem Wunsch getragen ist, ihre eigentliche Geschichte vertreten zu dürfen: eben nicht die einer ehemaligen Hure und bloß zufälligen Verkünderin der Auferstehung, als Apostel der Aposteln. Maria Magdalena klagt nicht, sie wartet. Sie wartet auf Gerechtigkeit.

Der leicht nach unten gebogene Kopf des Propheten Habakuk – ein weiteres Meisterwerk Donatellos, etliche Jahre vor der Maria Magdalena entstanden – verleiht dessen Gesichtszüge Anzeichen erschrockener Verzweiflung. Fast vermeint man den inneren Aufschrei dieses Mannes zu vernehmen: *Herr, wie lange soll ich schreien, und du willst nicht hören? Wie lange soll ich zu dir rufen über Frevel, und du willst nicht helfen?* Habakuk steht einfach da, mit steinerner Miene, und beklagt schweigend das Unrecht, das im Namen des Rechtes geschieht. Habakuk, ein glatzköpfiger Mann, der mit Distanz das ihn umgebende, entwürdigende Geschehen in seinem Inneren festhält, um seiner Abscheu darüber in dunkeln Versen gerecht zu werden. Dunkle Worte, die sich der Zeit anpassen, die die Zeit an sich in Frage stellen.

2

Herr, wie lange willst du noch diese Frevler ertragen? Du hörst doch, was dieser Mann bellend von sich gibt. Er spricht nicht von Frieden, von einer für das Volk neuen, unbekannten Zeit des Wohlstandes, nein, er spricht von Krieg. Bald wird Krieg in alle Himmelsrichtungen hin losbrechen, Krieg zur Wiederherstellung der Gerechtigkeit, zur Beseitigung der Schmach, die seinem Volke anscheinend zugefügt worden ist. Überall hört man schon die Kriegshetzer schreien: wir sind ein Volk, das Lebensraum bedarf. Jedoch sein Land ist leer, seine Dörfer sind leer. Lediglich in seinen Städten brodelt das Elend. Habsucht und Neid leiten Arm und Reich. Raum, wenn du mich fragst, Herr, benötigen lediglich seine Waffenschmiede. Man hört bereits den Lärm der Hämmer, die Schwerter schmieden. Selbst die Sprache, der sie sich befleissigen, ist gehämmert: Eisen, härtestes Holz aus dem Kern der Eiche sind zum Inbegriff einer neuen Ästhetik geworden. Wie die Lemminge sind alle angetreten, um sich in das Verderben zu stürzen. Haß leitet sie. Haß gegen alle, die eine andere Sprache sprechen, Haß gegen Fremdes und Fremde.

Bedenke doch, oh Herr, die Millionen von Menschen, die weltweit dem aufziehenden Unrecht zum Opfer fallen werden: verstört, verstümmelt, ermordet.

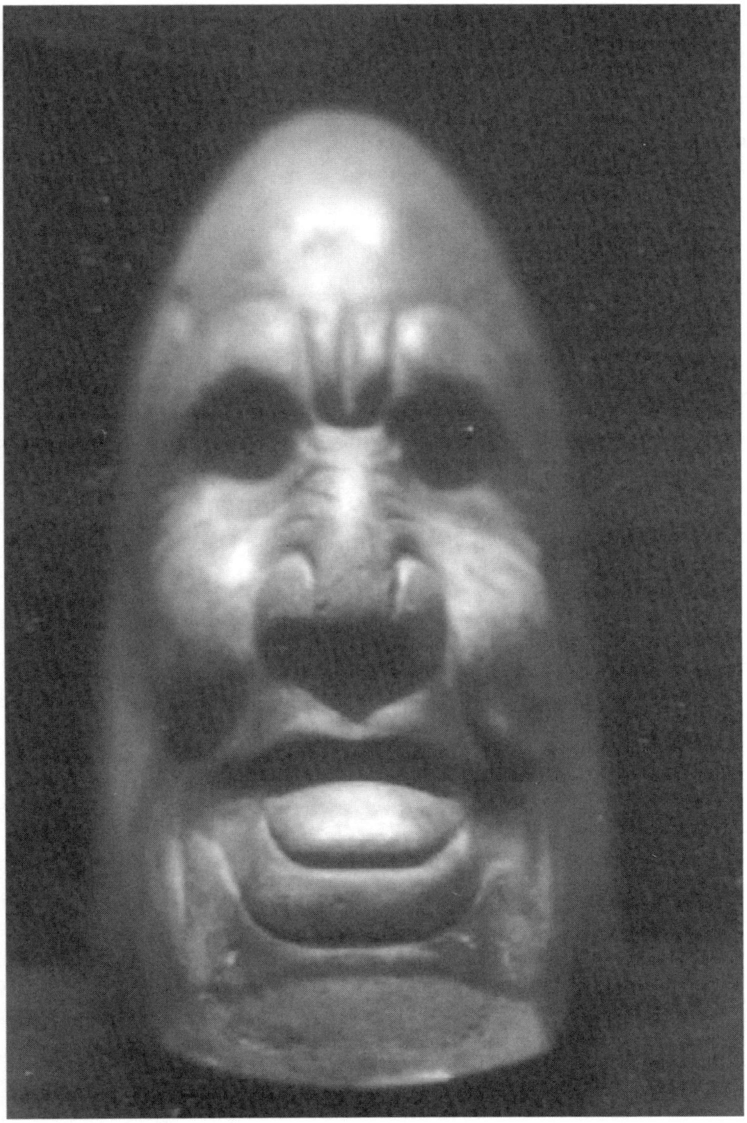

Bedenke den Haß, der sich in den Herzen der nach deinem Ebenbild geschaffenen Menschen festgesetzt hat! Wird es je wieder Zeiten geben, die nicht von Haß und Neid geleitet sind? Warum läßt du es zu, daß derartiger Haß die Sicht deiner Geschöpfe verfinstert?

Herr, erinnerst du dich noch an Anat, an die Gespielin deiner Jugend? Anat, die mit dir über weite Teile Judäas und Samarias geherrscht hat, bevor deine Schriftgelehrten sie aus unserer Geschichte verdrängt haben? Anat, die Göttliche, die göttlich Schöne mit den dunklen Augen, die dich so oft entzückt haben? Erinnerst du dich ihrer Liebe, Herr?

Erinnerst du dich nicht auch gelegentlich an Chava, die du gemeinsam mit Adam erschaffen hast, und der du Anats Züge verliehen hast, ihren Liebreiz, ihre Schönheit? Herr, wie kam es, daß dich solche Härte und Gleichgültigkeit erfaßt hat, Gleichgültigkeit, die anscheinend keinerlei Liebe mehr aufkommen läßt?

Ist Haß wirklich das einzige Vermächtnis, das den Menschen zuteil wurde? Haß gegen alle deine Geschöpfe? Soll wirklich geschehen, was ich verschwommen vor mir sehe: die Millionen von Ermordeten, die verwüsteten Dörfer, die brennenden Städte; Städte, über die sich ein nie zuvor erlebter Feuersturm festsaugt, ein Feuersturm, der den gesamten von dir erschaffenen Planeten erfaßt?

3

Habakuk steht einfach da, mit starrer Miene. Sein lautloser Aufschrei ist unüberhörbar, ein in Holz festgehaltener Schrei, der nunmehr seit Jahrhunderten den Stummen und Tauben in den Ohren gellt. Sein Schrei ist begleitet vom Warten der Maria Magdalena auf ein Ende der Lügen, der Verleumdungen, der Entehrungen.

De Profundis

Eine Zeit lang ging sie hinter dem Sarg her, doch dann kehrte sie um und schritt fest entschlossen dem Ausgang zu, schließlich war sie doch bloß eine Nachbarin gewesen, noch dazu nicht einmal aus dem selben Stockwerk. Gewiß doch, sie hatten sich gelegentlich in der Früh im Stiegenhaus getroffen. Ganz offensichtlich mußte er das Haus so ziemlich zur selben Zeit verlassen wie sie selbst. Manches Mal trennten sie nur wenige Sekunden von dem gleichzeitigen Verlassen ihrer Wohnungen, ein paar Sekunden, die ihm oder ihr einen Vorsprung von ein bis zwei Stockwerken gab. Sobald er das Geklapper ihrer Schuhe über sich im Stiegenhaus hörte, drehte er sich jedes Mal um und winkte ihr freundlich zu. Ja, und dann hing plötzlich die Parte an der Anschlagtafel, gleich neben der Eingangstüre. Sie konnte sich im Augenblick nicht daran erinnern, ob da tatsächlich von einem Amtsrat die Rede war. Das war eigentlich schon alles, was sie über ihren ehemaligen Hausmitbewohner wußte: ein stiller Beamter, vermutlich in einer nicht allzu hohen Stellung, da die Wohnungen in ihrem Haus eher bescheidenen Verhältnissen entsprachen.

Beim Friedhofsausgang gestand sie sich selbst ein, das Begräbnis nur deswegen vorzeitig verlassen zu haben, weil bloß zwei, offensichtlich weit entfernte Verwandte daran teilgenommen hatten, und sie sich selbst wie eine heimlich Liebe vorkam, gewissermaßen wie die verschwiegene Beziehung aus der Vorstadt. Ihr Nachbar mußte ein recht einsamer Mensch gewesen sein, ohne Freunde oder größeren Familienanhang: ein wahrlich Alleinstehender in einem Haus mit vielen Mitbewohnern.

Rein zufällig traf sie einige Tage später eine seiner Anverwandten wieder, eine der beiden Frauen, die sie auf dem Begräbnis gesehen hatte. Die Türe zu seiner Wohnung stand nämlich offen. Da sie Mißbrauch durch den Hausbesorger vermutete, trat sie nach gebührendem Klopfen ein. Das Innere seiner Wohnung überraschte sie einigermaßen: sie konnte sich nicht erinnern, jemals zuvor eine derartig spärlich eingerichtete Wohnung gesehen zu haben. Im Wohnzimmer stand lediglich ein riesiger, alter Schreibtisch, um den herum Bücher und Hefte in Stößen lagen, sowie ein abgenützter, lederbezogener Sessel. Kein einziges Bild zierte die Wände.

"Ich weiß nicht, was ich mit all diesen Büchern anfangen soll", jammerte seine offensichtliche Erbin, die sich als eine weitverwandte Kusine zu erkennen gab. "Eigentlich ist es ja nur der Schreibtisch und sein Bett, die es abzutransportieren gilt, denn alles andere hier ist niemandem zumutbar". Das schien in der Tat so der Fall zu sein, denn außer einigen eher abgenützten Pfannen, Töpfen und Tellern bot die Küche kaum bemerkenswerte Einrichtungen. Selbst der Eiskasten mußte etliche Jahrzehnte alt sein. Im Schlafzimmer befand sich ein Bett, ein Kleiderständer und ein einfacher, einteiliger Kasten. Jedes mittelmäßige Hotel verfügt heutzutage über mehr Komfort, befand sie, bevor sie ihren Rundgang durch die Wohnung mit einem kurzen Blick in das Badezimmer abschloß: eine alte Badewanne mit gußeisernen Füßen stand dort vor einer nicht verkachelten Wand; neben dem Handwaschbecken hing ein nicht allzu großes Handtuch.

Eigentümlich, kam es ihr plötzlich in den Sinn, dieser Mensch, den ich fast jeden Tag in der Früh im Stiegenhaus getroffen habe, der, durchaus adrett und sauber bekleidet, pünklichst seinem Beruf nachging, lebte wohl in den bescheidensten Verhältnissen, die man sich vorstellen konnte.

"Was soll ich bloß mit diesem Ungetüm von Schreibtisch anfangen und mit all seinen Büchern", jammerte da von neuem seine Kusine. "Für das Bett hätte ich zur Not Verwendung, obwohl es in Teile zerlegt werden müßte, aber der Schreibtisch und die Bücher?"

“Den Schreibtisch und die Bücher nehme ich Ihnen ab”, erklärte sie kurz entschlossen und begann gedanklich bereits, ihr eigenes Wohnzimmer den neuen Begebenheiten anzupassen.

2

Der Transport der Möbel bzw. der Bücher sowie der Abtransport ihres alten Tisches fand noch am selben Nachmittag statt. Stöße von Bücher überschwemmten ihr kleines Wohnzimmer. Nicht mehr ganz so mutig, ja, fast ein wenig verzweifelt, machte sie sich daran, die herumliegenden Stöße durchzusehen. Eher überrascht, bemerkte sie unter diesen Büchern auch eine große Zahl von antiquarischen Exemplaren, die Renaissance in Italien betreffend. Neben nunmehr lächerlich altmodisch klingenden Reiseführern durch die Toskana und die Marken fanden sich auch ihr bekannte Klasssiker wie etwa Bücher von Jacob Burckhardt. Und immer wieder Kunstdruckbücher mit schlechten Schwarzweiß-Illustrationen berühmter Maler der ersten und zweiten Generation der italienischen Renaissance. Vergilbte Darstellungen und Beschreibungen von Bildern und Frescos fielen ihr dabei genauso in die Hand wie Monographien über Brunelleschi und andere Architekten jener Zeit. Nach und nach verschwanden diverse Bücherstöße in den leeren Stellen ihres Bücherregals. Was muß das bloß für ein Mensch gewesen sein, dachte sie immer wieder, sich der freundschaftlichen Begegnungen im Stiegenhaus erinnernd. Sorgfältig, ja fast pedantisch altmodisch stand er in ihrer Erinnerung vor ihr. Wie paßt das alles zusammen mit den Unmengen antiquarischer Bücher, die sie soeben vor der endgültigen Vernichtung im Papiercontainer gerettet hatte? Brunelleschi und ein paar abgeschlagene Pfannen in der Küche? Wahrlich ein Widerspruch, der ihre Neugierde, die sich immer mehr in eine heimliche Bewunderung verwandelte, anfachte.

3

Den nächsten Abend verbachte sie immer noch damit, die verbliebenen Stöße zu ordnen. Irgendwann sollte ich einiges davon einfach wegwerfen, dachte sie sich, denn viele der alten Bücher schienen ihr mit einem Male, einfach wertlos zu sein. Irgendwann. Irgendwann, schalt sie sich selbst, irgendwann heißt nie! Kurz entschlossen ging sie in die Küche und holte einige leere Säcke. Insgesamt acht riesige Säcke standen nach einiger Zeit vor ihrem Bücherregal, alle vollgestopft mit vergilbten, schlecht gebundenen Büchern und Heften. Die füllen fast einen Papiercontainer, kam ihr zu Bewußtsein, als sie sich endlich, nach abgeklungener Wegwerfwut erschöpft, niedersetzte. Befriedigt inspizierte sie von ihrem Lehnstuhl aus das Bücherregal und all die Stellen darinnen, wo sich nunmehr seine Bücher befanden.

Sack für Sack verschwand in den nächsten Tagen aus ihrem Wohnzimmer. Die Säcke verteilte sie auf verschiedene Papierkübel in ihrer Nachbarschaft, denn sie wollte unbedingt den Eindruck vermeiden, daß hier pietätlos mit dem Nachlaß eines Menschen umgegangen werde. Alles in den gleichen Behälter zu werfen, hatte sie nicht über sich gebracht. Das wäre wie ein zweiter Tod, befand sie, obwohl sie natürlich wußte, wie irreal ihre Vorgangsweise war.

Seinem Schreibtisch war sie während dieser Aufräumarbeiten fast ängstlich ausgewichen, ängstlich, weil seine ungeordneten Bücherstapel sie vor dem Inhalt der Laden abschreckten. Immer wieder blieb sie in der Mitte ihres Wohnzimmers stehen und betrachtete mit Erstaunen das ungeheure Möbel, das einen guten Teil des Zimmers einnahm. Den einen oder anderen Sessel werde ich wohl weggeben müssen, überlegte sie, das Zimmer ist einfach zu voll. Ich werde das Wochenende dazu benützen, die Laden des Schreibtisches durchzusehen, sprach sie sich selbst Mut zu.

4

Schließlich saß sie vor dem Schreibtisch und öffnete vorsichtig die mittlere Lade, die sich unmittelbar unter der Schreibplatte befand. Sie war leer! Ja, selbst den sich in Laden üblicherweise ansammelnden Staub gab es nicht. Die drei riesigen Laden auf der rechten Seite des Schreibtisches waren dagegen vollgefüllt mit handgeschriebenen Manuskriptblättern: einzelne Blätter, versehen mit Seitenzahl, allerdings wahllos durcheinandergemischt. Jede einzelne Seite war sorgfältig mit Tinte beschrieben. Eine sehr korrekte Schrift kam ihr in den Sinn bei dem Versuch, den Inhalt der Laden in Stößen auf dem Schreibtisch aufzuschichten.

Die linken Schreibtischladen enthielten lediglich die üblichen Utensilien wie Papierlocher, Heftmaschine und Scheren. In einer alten Holzschachtel fand sie eine Kollektion von teilweise altmodischen Füllfedern und zwei Fläschchen blaue Tinte. Das war leichter als ich vermutet habe, dachte sie sich, nachdem sie die Laden ausgewischt und die unumgänglichen Schreibtischgegenstände in einer einzigen Lade verstaut hatte. Da werde ich viel Platz haben, meinen Kram zu verstauen, freute sie sich bereits auf das großartige Gefühl, aufgeräumt zu haben.

Die Manuskriptblätter erwiesen sich als eher widerborstig, vor allem, weil zunächst zwei verschiedene Texte, bunt gemischt, vorzuliegen schienen. So ganz sicher war sie sich allerdings nicht, weil zwar eine Reihe von Seitenzahlen doppelt vorkamen, aber nicht durchgehend. Gelegentlich gab es entsprechende Seitenzahlen sogar mehrfach. Da sie es nicht über das Herz brachte, das gesamte Manuskript einfach wegzuwerfen, begann sie, zunächst die Übergänge von einer Seite zur nächsten zu überprüfen. Das brachte teilweise die gewünschte Ordnung mit sich. Die doppelten oder mehrfachen Seitennummerierungen bezogen sich stets auf eine entsprechend vorangegangene Seite und stellten zweite Gedanken oder auch nur zusätzliche Anmerkungen dar. Um nicht gleich die Übersicht zu verlieren, entleerte sie den Aktenordner, in dem sie ihre Rechnungen und Zahlungsbelege aufbewahrte, lochte den beachtlichen Stoß von handgeschriebenen Blättern und reihte diese – nunmehr mit fortlaufenden Seitenzahlen versehen – in den Ordner ein. Ihre Rechnungen legte sie in eine der freigewordenen Laden. Morgen werde ich in einem Papiergeschäft zwei weitere Ordner kaufen, sprach sie halblaut zu sich selbst, einen für meine Sachen und einen für ihn, vielleicht muß das Manuskript noch einmal geteilt werden.

5

Befriedigt nahm sie die Ordnung zur Kenntnis, die nunmehr wieder in ihrem Wohnzimmer eingekehrt war. Alle Bücher befanden sich in den vorhergesehenen Stellen in dem Bücherregal, den Schreibtisch hatte sie endgültig in Besitz genommen. Während sie überlegte, was sie alles in den freigewordenen Laden aufbewahren werde, blätterte sie in dem Manuskript. Es war langweilig. Über Seiten hinweg enthielt es ausführliche Notizen und Anmerkungen zu bestimmten Bauwerken der Renaissance oder dazugehörende architektonische Skizzen. Viele der gebrauchten Fachwörter las sie zum ersten Male und hatte natürlich keine Ahnung, was sie bedeuten. Wer verwendet schon das Wort Lunette im normalen Sprachgebrauch, kam ihr zu Bewußtsein, als sie wieder einmal über dieses Wort gestolpert war. Schließlich las sie überhaupt nur mehr jene Stellen etwas ausführlicher, zu denen es mehrere Folgeblätter gab.

Der letzte Absatz auf Seite 202 ließ sie, nicht nur der Herausforderung wegen, die vielen nachfolgenden Seiten 203 in die richtige Reihenfolge zu bringen, aufhorchen. *Ich weiß nicht, ob Brunelleschi den Ausschlag gab oder ob die Idee einer idealen Stadt, einer cittá ideale, Allgemeingut jener Zeit darstellte,* las sie mit zunehmendem Interesse, *die Besessenheit, einen architektonischen Hintergrund zu verwenden oder gar ein ganzes Bild einem baulichen Detail unterzuordnen, ist unverkennbar. Ist es die Faszination der Perspektive oder das unbewußte Wissen um eine brachliegende, römisch-griechische Kultur, ein Wissen, das sich über Jahrhunderte hinwegrettete, das selbst die damalige Postmoderne, die Gotik, nicht beseitigen konnte? Ist es vielleicht ein Erahnen von Traditionen, die jenseits des Christentums angesiedelt sind, von mit ihm mehr oder weniger parallel entstandenen Vorstellungen ?*

Auf einer der Seiten 203 hieß es: *Ghirlandaios Fresco in der Kirche Santa Maria Novella zu Florenz scheint auf letzteres hinzudeuten, selbstverständlich in versteckter Form, um zeitbedingten Traditionen gerecht zu werden. Platon und ein Weltbild von der Schicksalshaftigkeit der Planeten, von Himmelskörpern, die, als Teile der Schöpfung und zugleich als Schöpfer an sich, Vorstellungen bestimmen. Der Urgott wird von der Gottheit abgelöst, genauso wie Zeus seinen Vater Kronos verdrängt. Wieviele Bilder sind jenem Fresco überlagert, wie viele dem Christentum selbst?*

Ist Ialdabaôth, der niedrigste Geist der ursprünglichen Schöpfung, jener Schöpfer, von dem die Genesis spricht? Er, der, beschämt durch die Größe der anderen Götter, aufschreit: ich bin ein eifersüchtiger Gott? Er, der keine anderen Gottheiten neben sich duldet? War es nicht er, der von sich aus eine Schlange gebar, einen Geist in Schlangenform, ausschließlich dafür erschaffen, Eva, eine Schöpfung der anderen Gottheiten, zu verführen? Durch, wie es heißt, Früchte eines Baumes mit bitteren Wurzeln und tödlichen Zweigen? Sogar der Schatten dieses Baumes soll verhaßt gewesen sein.

Aber vielleicht entspricht Ialdabaôth eher Kronos, und erst sein Sohn Sabaôth, beseelt von der Urvernunft Sophia, besteigt den Thron eines Schöpfers. Sabaôth, umgeben von unzähligen Engeln, ist Zeus, nachdem der erste, unheilvolle Planet entmachtet war. Ghirlandaios

Fresco steht für Platon und Homer, als Bindeglied zu einer verballhornten Antike, als Vermächtnis altiranischer Kultur.

Eine andere Seite 203 begann auf ähnliche Art und Weise. *Ghirlandaos Fresco widerspiegelt das Bedürfnis, Ordnung in menschliche Schöpfung zu bringen: es stellt eine Brücke zu einer Antike dar, die sich dem Ursprung der Dinge längst entkommen gab. Heißt es nicht bei Hesiod, daß am Beginn aller Dinge Chaos stand, ein Chaos, das es durch Ordnung zu überwinden galt, durch Planung menschlichen Zusammenlebens in einer idealen Stadt? Jedoch ist es ein griechisches Urchaos, das Prometheus durch die Erschaffung von Formen zu beseitigen versucht? Von beweglichen Formen, Menschen genannt, bestimmt durch die Launenhaftigkeit der Planeten und Gestirne? Von beweglichen Formen, die ihrerseits lediglich tote Formen aus Stein erschaffen können?*

Offensichtlich ist diesem Urchaos ein jüdisches Urchaos überlagert, an dessen Beginn eine Pistis-Sophia steht, und in das ein Schöpfer ordnend eingreift, indem er Materie zusammenfügt und sie benennt. Das Ende des Chaos ergibt sich durch die Konstruktion der Arche Noahs, durch das erste, nicht-göttliche Zusammenfügen von Materie zu einer neuen Form. Die Ordnung der Dinge, die Arche, umfasst die Gesamtheit nichtpflanzlichen Lebens, während die città ideale lediglich eine Scheinordnung darstellt, in der die äußerliche Form zum Hauptanliegen wird. Die città ideale ist längst nicht mehr Bild eines apokalyptischen, himmlischen Jerusalems, sondern Ort der Begegnung von real existierenden Menschen, von schönen Menschen, von der Art, wie sie Masolino malte.

Gebannt las sie weiter. Wie ein Irrgarten an gedanklichen Verzweigungen erschien ihr plötzlich alles. Allerdings, jede einzelne dieser Verzweigungen deutete einen möglichen Ausgang in eine ganz bestimmte Realität an. Sie stand auf, trat an das Bücherregal und suchte in ihren neuen Buchbeständen so lange, bis sie eine Reproduktion jenes Frescos von Ghirlandaio in der Kirche Santa Maria Novella zu Florenz gefunden hatte. Sie war enttäuscht: ein wunderbares Fresco, in dem sie jedoch nichts von dem erkennen konnte, das sie eben noch verwirrte. Doch halt, da hat es doch diesen eigenartigen Film gegeben, "Der Name der Rose" hieß er, in dem von Ketzern aller Art die Rede war und von sich bekriegenden Orden. Die einen, die Franziskaner, kämpften sogar noch um ihre Anerkennung durch die Kurie, erinnert sie sich. Das muß doch nicht allzulange vor der Zeit Ghirlandaios stattgefunden haben .... Savonarola fiel ihr ein ....

Obwohl sie nicht allzuviel über die in dem Film angesprochenen häretischen Strömungen wußte, vermutete sie dennoch, daß wesentlich mehr jenem Fresco von Ghirlandaio abzulesen war, als sich aus einer ersten, oberflächlichen Betrachtung ergab. Lag die versteckte Symbolik in einem Beziehen auf griechische Philosophie? Sie blätterte weiter in den Seiten 203 des Manuskriptes.

6

Richtig, da gab es in der Tat einen Hinweis auf das vermeintlich Griechische: *Es scheint, daß nicht nur Platon die geistigen Vorstellungen durch Jahrhunderte geprägt hat, sondern auch Homer, und mit ihm einige Charaktäre seiner Epen. Selbst zu der schönen Helena sind mythische Beziehungen hergestellt worden. Hatte nicht Simon Magus eine Helena aus einem kleinasiatischen Bordell freigekauft, eine Frau, die offensichtlich nicht nur sexuelle Qualitäten aufwies, sondern von der es heißt, sie sei in späteren Jahren sogar Bischof einer frühchristlichen Gemeinde geworden? Konnte dabei nicht auch eine mythische Identifikation mit Homers Helena im Spiel gewesen sein?*

War es die Gräzisierung der alten Welt, die letztlich auch in einer Übernahme ästhetischer Normen in der Architektur ihren Widerhall fand und die ihre letzte Blüte in der Renaissance erfuhr? Selbst das

Wort “Christus” weist auf jene Gräzisierung hin! Es stimmt schon, zur Zeit von Brunelleschi war mehr als ein Jahrtausend seit dem Ende des weströmischen Reiches vergangen, von einer Wiederentdeckung des klassischen Zeitalters kann jedoch keine Rede sein, wo – so wie in Rom – doch die Zeugen klassischer Architektur sich bis in das letzte Jahrhundert auf freien Plätzen vor den Stadtmauern befanden, also zu den alltäglichen Eindrücken gehörten. Überdies war das alte römische Reich gar nicht so tot, wie es immer dargestellt wird: in so manchen seiner ehemaligen Teile, wie etwa in Südfrankreich, galt bis in das späte Mittelalter das römische Recht.

Eine weitere Seite 203 verwarf allerdings alle zuvor geäußerten Überlegungen. *Vielleicht stellt Ghirlandaios berühmtes Fresco doch nur eine Tempelszene dar, eine Szene, die durchaus in das gängige Genre der Renaissance fällt? Und all der Bezug zu der Architektur jener Zeit wäre lediglich Hintergrundschmuck? So gesehen würde bloß Massacios Fresco ‘Maria im Tonnengewölbe’, das sich eigenartigerweise ebenfalls in der Kirche Santa Maria Novella befindet, eine programmatische Vorausschau auf eine neue Architektur, auf eine città ideale, darstellen. Oder ist Massacios Gewölbe auch nur Hintergrund, sozusagen ein Ausbruch aus der versteinerten Ikonographie tradierter Mariendarstellung? Habe ich mich so verrannt in meiner Sucht, Zeichen und Symbole selbst dort zu sehen, wo es sie ganz offensichtlich nicht gibt? Und all meine Versuche, die Architektur der Renaissance zu verstehen, waren jämmerliche Hirngespinste eines Sonderlings ...?*

7

Wollte er seine Betrachtungen über kirchliche Kunst zur Seite schieben, verwerfen, oder lediglich vorsichtig relativieren? Betroffen sah sie sich in ihrem Wohnzimmer um: die Nähe seiner Bücher, sein

Schreibtisch, vermittelten plötzlich den Eindruck einer familiären Vertrautheit, gerade so, als ob ihr Entschluß vor einigen Tagen, einen großen Teil seiner Hinterlassenschaft anzutreten, einem inneren Zwang entsprochen habe, ein ihr unbekanntes Erbe zu übernehmen. Sie beschloß jedenfalls, an einem der kommenden Abende das Manuskript noch einmal sorgfältig durchzublättern, am Besten, es von Anfang an gründlich zu lesen.

Je länger sie allerdings in diesem Manuskript herumlas, umso mehr verlor sie ihre anfängliche Faszination für seine verzweigten Gedanken. Vielfach erschienen ihr die auf den Seiten 203 festgehaltenen Anmerkungen wie Endpunkte gedanklicher Reisen in eine nicht mehr vorhandene Realität, in eine Realität, zu der sie keinen Bezug finden konnte.

8

Es war ziemlich genau zwei Wochen her, seit sie ihr Wohnzimmer seinem Schreibtisch und seinen Büchern untergeordnet hatte, als sie plötzlich den Ordner zuklappte. Fast wie sich eine rasche Rückkehr in ihr eigenes Realitätsbewußtsein zu sichern, öffnete sie das Fenster und genoß den Hintergrundlärm der Stadt: verschwommenes Brummen fahrender Autos, ein entferntes Rumpeln einer Straßenbahn. Mit einem Male freute sie sich darüber, daß ihr Wohnzimmer nunmehr ein alter, schöner Schreibtisch zierte, daß die häßlichen Löcher in ihrem Bücherregal verschwunden waren. Ein behagliches Gefühl von Wohnlichkeit erfüllte sie. Den Ordner verstaute sie kurz entschlossen in der untersten Schreibtischlade: profundis.

Der Kopf des Simon von Montfort

Nur für Bruchteile von Sekunden machte sich das Zischen des Wurfgeschosses bemerkbar, dann riß ein gewaltiger Stein Simon von Montfort den Kopf vom Leib. Noch heute erzählt man sich in Toulouse, daß dieser Stein einer Wurfmaschine entstammte, die ausschließlich von Frauen bedient worden ist. Die Belagerung der Stadt hatte bereits sehr lange gedauert, zu lange, wie der päpstliche Gesandte ungeduldig vermerkte, der endlich den letzten, entscheidenen Triumph gegen die Albigenser nach Rom vermelden wollte. Stattdessen brach an jenem klaren Tag im Juni 1218 der Belagerungsring um Toulouse wie ein Kartenhaus zusammen. Seine Bürger hatten den Kampf gegen den vom Papst ernannten Tyrannen, noch dazu gegen einen aus dem unverständlichen Norden, einen aus der Ile de France, überstanden. Bereits einmal hatte man sich zu fast nicht erfüllbaren Bedingungen unterwerfen müssen.

Okzitanien, das Aquitanien, die Provence mitsamt den Grenzgebieten zum Königreich Kastilien umfaßte, hatte, wie sich später herausstellen sollte, für eine kurze Zeitspanne seine alte Ordnung mit all den lokalen Zerwürfnissen, die es offensichtlich schon immer zu geben schien, wieder erreicht. Letztlich führten die von Rom aufgerufenen Kreuzzüge gegen die Albingenser jedoch dazu, daß dieses freie, unabhängige Land dem Königreich Frankreich zugeschlagen wurde.

Simon von Montfort hatte im Namen der Glaubensreinheit ein halbes Königreich erobert und innerhalb von Bruchteilen von Sekunden verloren. Die Grausamkeit, die seine Kriegs- und Rachefeldzüge durch das Land begleitete, blieb ihm bis zu seinem eigenen, jähen Tod treu.

2

Es war allerdings nicht so unbedingt ein Zufall, daß sein Leben ausgerechnet ein von Frauen abgeschossener Stein beendete, zufällig war ausschließlich der Ort: vor den Mauern der Stadt Toulouse. Auf Simon von Montfort ruhte ein Fluch, den selbst die vielen kirchlichen Absolutionen, die ein Kreuzzug so mit sich brachte, nicht abwenden konnten. Mehr als ein Papst hatte ihm die Rechtmäßigkeit am Besitz des von ihm eroberten Landes bestätigt, ja, selbst das von Innozenz einberufene Lateranische Konzil mußte sich mit dem schleppenden Fortgang des Kampfes gegen die häretischen Albigenser befassen. Und es entschied, Simon von Montfort alle Rechte, soferne sie nicht lokalen kirchlichen Interessen zuwiderliefen, über das Herzogtum Toulouse zu übertragen.

Kreuzzüge hatten eben als solche ihre Berechtigung: kurz- oder längerfristige Bereicherung durch Konfiskation der Güter der so verdammenswerten Gegner. Schon Verdachtsmomente, durch Lügen ausgestreut, reichten aus, um der Habgier der Kreuzritter auf die Sprünge zu helfen. In ganz Europa ritterte man Kreuz: gegen den deutschen Kaiser, gegen Häresie, gegen die Ungläubigen in Spanien und auf den im Süden Italiens vorgelagerten Inseln, einfach überall, wo man sich materielle Vorteile versprach. Längst ging es nicht mehr um die Einheit der Kirche oder gar um das Christentum als Idee, denn kaum einer der Bischöfe in Okzitanien oder anderswo verfügte über theologische Kenntnisse bzw. beherrschte die lingua franca, das Lateinische, ausreichend gut.

Simon von Montfort hatte man schon sehr früh zum alleinigen Feldherrn der Kreuzzüge gegen die Albigenser bestellt: sein organisatorisches Talent, gepaart mit der Landgier eines unbedeutenden Adeligen aus der Ile de France, erwies sich als höchst erfolgreich im Kampfe gegen die ohnedies uneinigen okzitanischen Herren. Simon

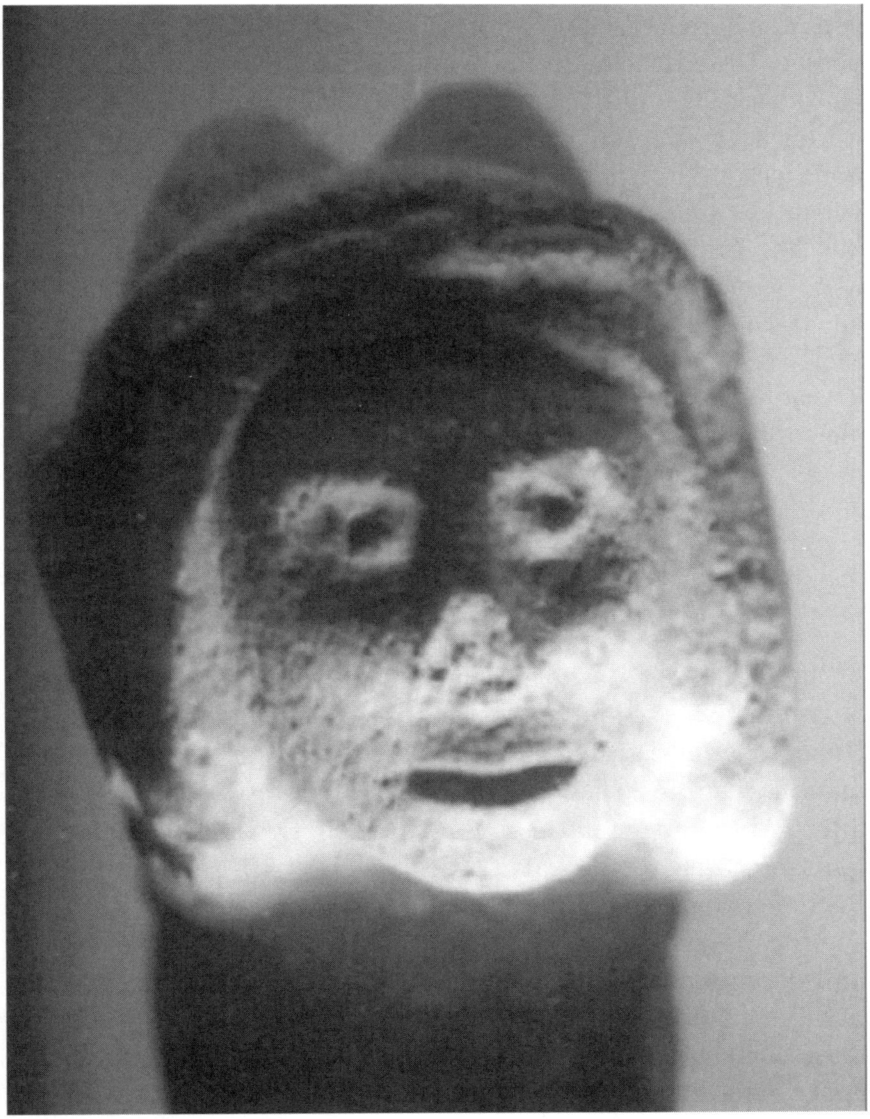

von Montfort marschierte durch das Land und hinterließ eine Spur von Terror, Unterdrückung und Gewalt. Unermüdlich zog er seine Kreise: Unterwerfung und Bestrafung eines Aufruhrs ein paar Tagreisen weiter, waren sehr oft Teil des selben Kriegszuges. Zwischen Foix, knapp nördlich der Pyrrhenäen gelegen, und Aquitanien, das sich nach wie vor in englischem Besitz befand, trieben ihn die Gier und Unrast hin und her. In den Sommermonaten verstärkten Kurzzeit-Kreuzritter aus dem benachbarten Burgund oder aus seiner ursprünglichen Heimat, aus der Ile de France, seine Truppen. Man kam lediglich auf ein paar Monate, in der angenehmen Jahreszeit, im Sommer: der Segen der Kirche legitimierte die Raub- und Gewaltzüge der kleinen Adeligen, die sonst wenig Chancen sahen, anderwärtig Reichtum zu ergattern.

3

Im Mai 1211 hatte Simon von Montfort die Festung Lavaur erobert und wie schon zuvor nicht gezögert, mit grausamer Härte die Besiegten zu bestrafen. Vierhundert Gerechte – "Vollkommene", wie man sie nannte – ließ er dem Feuer überantworten, jeglicher Besitz dieser Abtrünnigen hatte an ihn zu fallen. Da manche dieser sogenannten Gerechten dem lokalen Adel angehörten, gestaltete sich Simons Rachefeldzug zu einem äußerst lukrativen Geschäft.

Für die Schloßfrau Geralda, die nicht zu jenen Gerechten gehörte und deren soziale Umsicht im ganzen Lande wohlbekannt war, hatte sich Simon de Montfort etwas Besonderes überlegt: nachdem er sich ihrer bemächtigt hatte, beabsichtigte er, sie in die Zisterne werfen zu lassen und diesselbe mit Steinen anzufüllen.

Es war genau diese Frau, Geralda, die Simon von Montfort verfluchte. Auf der Zisternenbrüstung in zerfetzten Kleidern stehend, schrie sie ihm zu: “Verflucht seist du, Simon de Montfort, verflucht in alle Ewigkeit! Ein von Frauen geschleuderter Stein soll dir den Kopf abreißen, genau so, wie deine Steine nunmehr meinen Körper zertrümmern werden”. Und wie diesem Fluch noch Nachdruck zu verleihen, riß sich Geralda von ihren Bewachern los und sprang von sich aus in die Zisterne. Alle hatten den Fluch gehört, Simons Soldaten und die wenigen, verschonten Einwohner des Städtchens Lavaur.

4

Viele hatten Simon von Montfort gehaßt und ihm einen möglichst grausamen Tod gewünscht. Aber das war nicht der Tod, der ihm zu Teil wurde. Er starb langsam, sozusagen in Vorausahnung seines tatsächlichen physischen Endes. Immer wieder sah er Geralda vor sich stehen, immer wieder hörte er ihren Fluch. Er, der in der Tat bisher vor keinerlei Greuel zurückschreckte, er, der Schlächter der Albigenser, verbrachte keine ruhige Nacht mehr. Vor dem Morgengrauen, in jener Grauzone zwischen Tag und Nacht, in der selbst in Okzitanien Kälte hereinbricht, wiederholte Geralda ihren Fluch stets aufs neue. Riesengroß erschien sie ihm in seinen Träumen. Ihre Brüste hingen aus den Resten ihres ehemals vornehmen Kleides: Reste von Spitzen, Reste von Samt bedeckten höchst lückenhaft ihren Körper. Ihre langen Haare schienen wie Schlangen nach ihm schlagen zu wollen. Und ihr Fluch dröhnte in seinen Ohren, trotz der Stille, die die morgendliche Kälte wie eine Schwester getreulich begleitete.

Simon schauderte vor dem als Trost für irdisches Trübsal gedachten Predigten der ihm umgebenden Pfaffen. Das Paradies sei ein Hort der mit der Kirche Vereinten, ein Ort, in dem – laut Irenäus aus Lyon, wie man ihm versicherte – die in Glück Vereinten, so wie Mann und

Frau im Diesseits, einer, sich in alle Ewigkeit erstreckenden Seligkeit nachgingen. Er, der Günstling der Päpste, der Retter der Einheit der Kirche, konnte keinen Platz für sich in dieser gottnahen Glückseligkeit ausmachen. Nicht seine ihm rechtmäßig angetraute Frau sah er um sich, sondern Geralda. Ihr von Steinen zertrümmerter Kopf, die Steine überklebt mit Blut und Haaren, ihr verstümmelter Körper, bezeugten den Fluch, der auf ihm in alle Ewigkeit zu lasten gedacht war.

Selbst das Durchwachen von Nächten schien keinerlei Abhilfe zu schaffen. So sehr er auch durch das Land wütete und ganze Städte zerstörte, Geralda und ihr Fluch hatten von ihm Besitz ergriffen. Wie so oft begannen seine Träume mit einem friedvollen Eintreten durch die Pforte der Gerechten, an seiner Seite seine wiederum jung und schön erstandene Frau, die Mutter seiner Söhne. Er sah bereits den Paradiesgarten vor sich, der die himmlische Stadt umschloß. Doch dann schmolz das Antlitz seiner Frau jäh dahin und nahm die Züge Geraldas an. Ein entstellter Mund öffnete sich. In diesem Moment verschwand der Garten der Glückseligen, seine bunten, friedlichen Farben zerflossen in einem kalten Grau. Aus dem geöffneten Mund Geraldas ertönte ein Schrei: ihr Fluch. Ihr zermalmter Körper schien sich auf ihn legen zu wollen, schwer und gewichtig wie die Steine, mit denen er die Zisterne anfüllen hatte lassen.

5

Geraldas Fluch hatte ihn wagemutig gemacht. Ganz bewußt scheute er keine Gefahr, ganz bewußt stürzte er sich stets in das größte Kampfesgetümmel, gerade so, als ob er seine Verwünschung Lügen strafen wollte. Rastlos überzog er das Land mit fortwährendem Krieg, obwohl es längst keine Reichtümer mehr zu gewinnen gab. Die "Vollkommenen" hatten sich aus den Städten und Dörfern zurückgezogen.

Es gab kaum noch Bürger, die Kontakt zu ihnen hielten. Und dennoch: immer wieder gab es Aufruhr, immer wieder lehnten sich Städte oder ganze Landstriche gegen seine Herrschaft auf. So auch die Stadt Toulouse, das Zentrum des gleichnamigen Herzogstums, dessen Herr nunmehr Simon von Montfort hieß. Jedoch dieses Mal hatten die Bürger von Toulouse vorgesorgt. Die Belagerung der Stadt zog sich immer mehr in die Länge. Selbst seine neu angefertigten Belagerungsmaschinen konnten kaum Schaden den Stadtmauern zufügen. Immer wieder ritt er um diese Mauern, jeglicher Gefahr trotzend, um doch noch eine Schwachstelle in den Befestigungen zu entdecken. Immer wieder prasselten Pfeile und Steine auf ihn herab. So auch an jenem Junitag, an dem er einen weiteren Angriff vom Süden her plante. In dem kurzen Moment, in dem er plötzlich ein enormes Zischen in der Luft vernahm, wußte er mit einem Male, daß sich Geraldas Fluch erfüllen würde. Für einen einzigen Gedanken, für ein einziges Wort reichte noch die Zeit: jetzt.

6

An das ehemalige Okzitanien erinnern heute nur mehr ein paar Namen, so auch der einer der heutigen Provinzen, nämlich Languedoc, die “Sprache Okzitaniens”. Ja, und vielleicht einige alte Lieder aus den albigensischen Kreuzzügen, Montségur besingend.

Algunos dicen que yo quiero ser Monarca del Mundo

Er saß auf der Böschung einer der vielen Kehren, die den steilen Hang wie ein Muster durchkreuzten. Unter ihm lag der dunkle See, in dem sich die umliegenden Berge widerspiegelten. Gelegentlich kam eines der Salzweiber vorbei, den fremden Herrn untertänigst grüßend. Er verstand zwar nicht, was die Weiber da zu ihm sagten, aber es klang höflich und friedlich. Arme Kreaturen, dachte er, ihr ganzes Leben schleppen sie diese schweren Buckelkörbe voll mit den roten Gesteinsbrocken hinab in das Tal; Gesteinsbrocken, die die Männer in tiefen Stollen aus dem Berg an den Tag förderten. Unten am See sah er den Rauch aus der Salzpfanne aufsteigen: welch Mühsal, das Salz dem Berg abzuringen!

Die friedliche Geschäftigkeit um ihn herum, die gletscherbewehrten Berge fast zum Greifen nahe, waren Balsam für seine, in letzter Zeit beschwerte Seele. Plötzlich fiel ihm der Armreifen ein, den man ihm im Dorf zum Geschenk gemacht hatte, wahrscheinlich zum Dank für das Braurecht, das er einem der stattlichen Höfe erteilt hatte.

Er nahm den Armreifen aus seiner Tasche und hielt ihn gegen das Licht. Er schien aus Bronze zu sein und war mit einem eigentümlich altmodischen Muster verziert. Im Dorf hatte man ihm erzählt, vermutlich sei der Armreifen etliche Jahrhunderte alt, denn man habe ihn oben vor dem Stolleneingang gefunden, wo sich ein alter, verlassener Knappenfriedhof befindet. Dort seien bereits des öfteren, nach schwerem Regen oder im Frühjahr, nach der Schneeschmelze, merkwürdige Gerätschaften entdeckt worden. Den Erzählungen der Knappen nach gäbe es etliche sehr alte Grabungen im Berg, die von wesentlich früher stammen müssen, denn so lange man sich erinnern könne, habe man immer die gleiche Art von Verstrebungen verwendet. An manchen Stellen sei dies jedoch vollkommen anders, ja, man habe sogar dort Münzen mit römischen Aufschriften gefunden.

2

Er steckte den Armreif wieder ein. Bronze: das half auch nicht weiter. Bereits in der nächsten Woche werde man jenseits der Alpen angekommen sein, von wo aus Italien in einigen weiteren Tagreisen erreichbar war . . . .

Italien. Wie oft hatte er sich diesem schönen, heimtückischen Land widmen müssen, weil Frankreich wieder einmal glaubte, seine, ihm allein vererbten Rechte mißachten zu können. Und jedes Mal hatte dies kriegerische Auseinandersetzungen zur Folge. Jeden einzelnen Friedensvertrag hatte Frankreich bisher gebrochen.

Damals, nachdem man den französischen Franz bei der Schlacht bei Pavia gefangen genommen hatte, verging bloß ein knappes Jahr, bis die französischen Söldner wieder in Norditalien eingefallen sind. Seine allerchristlichste Majestät, wie sich Franz zu benennen beliebte, hatte skrupellos selbst den Papst zum Verrat bewogen, nicht zu sprechen von seinen Allianzen mit den Erzfeinden der Christenheit, mit den Osmanen.

Und erst jener andere Franz, der Sforza, der wohl die italienische Politik mit einem höfischen Ballspiel zu verwechseln schien. Bedenkenlos riß er die Serenissima und die angrenzende Toskana in den Strudel der Auseinandersetzungen. Kaum hatte man sich in einem Friedensabkommen auf eine, für Frankreich ohnedies günstige Aufteilung geeinigt, waren schon französische Söldnerheere wieder in Mailand, um sich mit den Horden der Sforza zu vereinigen.

Er schmunzelte. Zumindest einmal ist es gelungen, dem Oberchristen Franz die Suppe kräftig zu versalzen, nämlich damals, als er mittels Bestechung den genuesischen Admiral Andrea Doria überreden konnte, die Seiten zu wechseln. Damals hatte Frankreich versucht, seine Finger nach dem Königreich Neapel auszustrecken und hatte in der Folge seine gesamte Flotte vor Neapel verloren.

Das ist bereits mehr als ein Vierteljahrhundert her, fiel ihm ein, fast solange wie die Plünderung Roms, die er zur Bestrafung des verräterischen Klemens, des schlimmsten aller bisherigen Päpste, angeordnet hatte. Mehr als ein Vierteljahrhundert, denn inzwischen befand man sich im Monat Mai des Jahres 1551.

Ein Vierteljahrhundert! Das ist eine lange Zeit, ihn schauderte vor dem Gedanken, sich auszumalen, wieviele Jahre er davon auf seinen ständigen Reisen zwischen Spanien, Deutschland und Italien, auf einem Pferd sitzend, verbracht hatte. Und ständig gab es Krieg: mit den Franzosen, den deutschen Fürsten, italienischen Städten, ja, selbst mit den Bürgern von Burgos. Was auch der Reichtum der neuen Kolonien in Neu-Indien brachte, es war sofort verschlungen für das Aufstellen immer neuer Söldnerheere. Der Seekrieg mit den Türken, die ständig wiederkehrenden Scharmützel in Nordafrika – eine lückenlose Kette von kriegerischen Auseinandersetzungen – verschlangen Unsummen, nicht zu sprechen von den ewigen Frotzeleien durch das französische Königshaus, denen weitere Kriege folgten

Ein Vierteljahrhundert .... Viele hatte er kommen und gehen sehen. So etwa diesen aufmüpfigen Mönch, den Luther, damals auf dem Reichstag zu Worms. Da er weder des Deutschen mächtig war, noch das Lateinische beherrschte, verstand er nicht, was der als so gefährlich hingestellte Mönch dem Reichsrat eröffnete. Aber es schien gegen Rom und die päpstlichen Heuchler gerichtet zu sein. Eine umfassende Reform der Kirche dünkte selbst ihm, der sich lediglich um das Grobe kümmern konnte, als unabdinglich, schließlich sprach bereits die ganze Welt davon.

Rom. Es lag immerhin auch schon wieder an die fünfzehn Jahre her, als er in Rom, im Kollegium, sein bestes Kastilianisch auspackte. *Algunos dicen que yo quiero ser Monarca del Mundo* – einige behaupten, ich strebe danach, der Herrscher der Welt zu sein – hatte er, all seine Überzeugungskunst bemühend, gesagt, um damit Mutmaßungen entgegenzutreten, daß er dies tatsächlich anstrebe. Dies sei vor Gott und beileibe nicht sein Ziel, hatte er mit Nachdruck festgestellt, ausschließlich die Einheit des christlichen Abendlandes liege ihm am Herzen. Ja, damals hatten sie alle frenetisch applaudiert, die Herren Kardinäle und der Papst, was sie jedoch nicht davon abhielt, ihm bei nächster Gelegenheit wieder in den Rücken zu fallen: bei keiner einzigen Seeschlacht mit den türkischen Seeräubern hatte die französische Flotte teilgenommen, sehr oft fehlte überdies auch die venezianische.

3

Wieder trabte eines der Salzweiber an ihm vorbei, eine junge Frau, die ihm lächelnd Blumen entgegenhielt. Blumen, tiefdunkelblau, die sie wohl hoch oben am Berg gefunden haben mußte. Wie ein kleines Wunder der Natur erschienen ihm diese Blumen, so vollkommen in Gestalt und Farbe. Kein Künstler vermag diese Vielfalt von Formen erdenken, kam ihm in den Sinn, und schon gar nicht sein Hofmaler, dieser Tiziano, der bedenkenlos die Seiten wechselte wie ein anderer ein Hemd. Damals, nach der Schlacht am Mühlberg, am Höhepunkt seiner Macht, stellte er ihn noch, eine Lanze in der Hand haltend, als siegreichen Feldherrn dar . . . .

Bloß fünf Jahre später hatte sich das Glück wieder einmal gewendet. Aus seiner Stadt Augsburg, aus der Stadt der Fugger, vertrieb ihn der gewissenloseste aller seiner Feinde, Moritz von Sachsen. Einen schändlichen Frieden mußte Bruder Ferdinand sehr rasch schließen,

während er selbst gerade noch in die Alpen fliehen konnte. Da saß er nun, umgeben von einigen Getreuen, an den Ufern eines gottverlassenen Sees, in Mitten der Berge, und die Salzweiber schenkten ihm Blumen! Er wußte nur zu gut, daß dieser Moritz, der bisher jeden einzelnen seiner Bündnispartner verraten hatte – sein Verrat hatte schließlich auch zum Zerfall des protestantischen Deutschlands geführt – als Allererstes bei dem Tiziano ein Portrait in Auftrag geben wird. Dieser massige Mann, der den Schmalkaldischen Bund sprengte, lediglich um sich Leipzig und den Rest Sachsens einzuverleiben, stand in der Zwischenzeit dem Vernehmen nach mit seinen Söldnern bereits in Innsbruck.

Auch für den Moritz von Sachsen wird sich das Kriegsglück sehr rasch wieder wenden, sprach er sich selbst Mut zu, seine Neider hatten sich schon längst gefunden. Aber selbst wenn er seinen, durch Verrat errungenen Besitz auf einige Jahre verteidigen wird können, er frießt sich ohnedies zu Tode, belustigte er sich selbst: bereits jetzt findet sich kaum mehr ein Pferd, das seine Last zu tragen im Stande ist.

4

Erneut blickte er auf die dunklen Ränder des Sees unter ihm. Das vergangene Vierteljahrhundert erschien ihm plötzlich wie ein Glücksrad. Schließlich ergab sich sein eigener Aufstieg zum Deutschen Kaiser, zum de facto-Beherrscher der Welt, lediglich aus einer glücklichen Verkettung von Zufällen. Als er nämlich im Februar des Jahres 1500 in Gent zur Welt kam, als Sohn Philipps des Schönen und der Johanna von Spanien, die man später auch die Wahnsinnige nannte, befand er sich in einer ganzen Schar von Gleichrangigen seiner Familie. Sicherlich, viel hatte er seiner Tante, Margarethe von Österreich, zu verdanken, die ihm zunächst als Regentin der Herrschaft Niederlande zur

Seite stand. Unter ihrer Obhut wuchs er in der Sprache auf, die er Zeit seines Lebens am besten beherrschte, dem Französischen .... In der Sprache seiner erbittertsten Gegner .... Selbst die Vermählung seiner geliebten Schwester mit Franz erwies sich als untaugliches Mittel, die ewigen Feindseligkeiten zu vermindern ....

Bereits mit 16 Jahren trat er das Erbe nach seinem Großvater Ferdinand von Spanien an, zu dem die Königreiche Aragon, Kastilien und Neapel gehörten, sowie Sizilien, Sardinien, Teile von Nordafrika und vor allem die neuen Provinzen jenseits des großen westlichen Meeres. Drei Jahre später folgte er seinem anderen Großvater, Maximilian von Österreich, nach, ein weiteres halbes Jahr danach wählte man ihn, insbesondere in Folge des politischen Drucks der Fugger, zum Deutschen Kaiser. Mit 19 Jahren zählte er somit den größten und wichtigsten Teil Europas zu seinem Reich. Und dennoch, selbst ein Vierteljahrhundert reichte nicht aus, seine Feinde und die Feinde der Christenheit entscheidend zu schlagen. Innerhalb weniger Jahre hatte sich das Osmanische Reich über gewaltige Teile Europas und Asiens ausgedehnt. Wie eine Seuche breitete sich die türkische Gefahr aus: 1516 Syrien, 1517 Ägypten, 1521 Belgrad, 1522 Rhodos, 1526 Mohács. Im Jahre 1529 standen sie sogar vor Wien. Diese Jahreszahlen hatten sich tief in sein Gedächtnis eingegraben, als Jahre bitterer, persönlicher Niederlagen. Selbst in Nordafrika verliefen die Dinge nicht immer zum Besten: Erfolgen wie in Tunis folgten Mißerfolge in Algier.

Es ärgerte ihn insgeheim, daß der Aufstieg des Osmanischen Reiches offenbar verbunden war mit dem massenhaften Auszug der Juden aus seinen eigenen Ländern, vor allem aus dem Süden Spaniens. So sehr er auch als Christ der Bekehrung der Juden auf die Sprünge half, so sehr bekümmerte ihn der Verlust an Schriftkundigen und Sprachgewandten. Kaum hatten diese Türken einen Landstrich erobert, schon ließen sich ehemalige spanische Juden dort nieder und sorgten für wirtschaftlichen Aufschwung selbst in den verlassensten Gegenden.

Zwar hatte der ungeheure Reichtum aus den neuen Kolonien in der Zwischenzeit Sevilla zum Finanzzentrum Europas aufsteigen lassen, während Augsburg, aus dem man ihn eben vertrieben hatte, als solches immer mehr an Bedeutung verlor. So sehr, daß selbst die Fugger, seine ehemaligen Bündnispartner, sich in Folge des Preisverfalls bei Gold und Silber gezwungen sahen, ihre Bergwerke in den Alpen zu schließen. Und dennoch: es mangelte allerortens an Kohärenz, einer Kohärenz, die nunmehr das Osmanische Reich zu stärken schien. Warum bloß konnten nicht alle einmal mit gleicher Zunge sprechen und gemeinsam handeln? Warum befeindeten sich benachbarte Städte in Italien so hartnäckig, warum erstreckte sich die Feindschaft zwischen Venedig und Genua fast über Jahrhunderte, warum gab es alle paar Jahre Krieg mit Frankreich, Kämpfe gegen deutsche Fürsten, gegen den Papst?

Er hatte das alles so satt! Die Vorstellung, in Italien wieder einmal ein Söldnerheer, dieses Mal gegen Moritz von Sachsen, aufstellen zu müssen, ließ ihn die unmittelbare Zukunft als eher verdrießlich sehen. Was nützte es schon, wenn viele in ihm den mächtigsten Herrscher aller Zeiten sahen, mächtiger noch als der legendäre Alexander, wenn alles und jedes sich als mühselige Alltagsfeindseligkeit erwies? Hatte er denn überhaupt noch Gefallen an seinen vielen Ämtern und Würden? *Algunos dicen que yo quiero ser Monarca del Mundo*, hatte er einmal eloquent verkündet. *Monarca del Mundo*, von welcher Welt? Einer, in der Neid und Mißgunst zum diplomatischen Spiel der Kirche gehörte, in der Freßsucht und Habgier die Fürsten Deutschlands prägte, in der Intrigen, Lügen und Hoffärtigkeit den Stil am Hofe der französischen Könige bestimmte? Einem Totentanz von Eitelkeiten schien ihm Europa zu gleichen.

Plötzlich schämte er sich seiner eigenen Eitelkeiten. Vor Scham schoß ihm des Blut in den Kopf. *Monarca del mundo*: nichts hatte er sich sehnlichster gewünscht, als dieser auch zu sein. Fast wäre es ihm auch gelungen, hätte das Kriegsglück nicht ständig diese verdammten

Türken begünstigt, hätte es nicht die ewigen Zerwürfnisse mit Frankreich gegeben. Wie ein Ackergaul ist er herumgestampft, ohne jemals ein Ende der Mühsal absehen zu können.

Maßlos eitel ist sein Leben bisher verlaufen, kam ihm zu Bewußtsein. Wie um sich selbst zu bestätigen, hatte er einen europaweit bekannten Modemaler, den Tiziano, beauftragt, Portraits von ihm in Siegerpose anzufertigen. Seine Eitelkeit schien zeitweise grenzenlos gewesen zu sein. Nur zu ungern erinnert er sich daran, daß er ausgerechnet den Alcázar zu Grenada, den er ob seiner Zierlichkeit und hervorragenden Steinmetzarbeit insgeheim bewunderte, durch einen riesigen Kasten seines Geschmackes verunstalten ließ. Es mußte sehr bald nach dem Aufstand der kastilischen Städte gewesen sein, versuchte er zu rekonstruieren, als er den Toledaner Machuca, angeblich – zumindest, wie er selbst immer behauptete – ein Schüler des berühmten Michelangelo, in seine Dienste nahm, um ein solches Bauwerk zu errichten. Eine besondere, den Mauren auferlegte Steuer sollte dazu dienen, den Sieg der katholischen Könige über Al Andalus zu verdeutlichen, und das damit finanzierte bauliche Unternehmen, als besonders schmerzlich empfinden zu lassen. Nachträglich schämte er sich seiner jugendlichen Hoffärtigkeit: es erschien ihm ein Treppenwitz der Geschichte zu sein, daß zur selben Zeit, als sein Palast, fast direkt an der Alhambra – wie die Leute dort den Ort nannten – gelegen, im Entstehen war, die Türken seine Stadt Wien belagerten.

Ja, er schämte sich für seinen Umgang mit den besiegten Mauren, für den Plünderungsfeldzug, der ihn schließlich nach Tunis führte. Wie ein Barbar ist er in Nordarfika eingefallen, in der Hoffnung, daß die Türken sich nach ihrer ersten Niederlage im Westen nunmehr großräumig zurückziehen würden. Er schämte sich insbesondere für den ungestümen Siegerstolz, der ihn im Harem des Herren zu Tunis wahllos dessen Weiber begatten ließ. Damals in den Zwanzigerjahren, hatte er nicht im geringsten daran gezweifelt, tatsächlich der *monarca del mundo* zu sein. Seine Macht, beschützt von den neuersten Kriegserfindungen, den Arkebusen, hatte, nach einer entscheidenden Niederlage, selbst Frankreich für eine Zeit lang verstummen lassen.

5

Er hielt noch immer die Blumen, die ihm das Salzweib geschenkt hatte, in der Hand. Welch strahlendes Lächeln zierte ihr von der Anstrengung der schweren Last gerötetes Gesicht! Die Freude, dem fremden, vornehmen Herren Blumen schenken zu dürfen, war ihrem Gesichtsausdruck deutlich ablesbar gewesen. Offen und ohne Hintergedanken hatte sie eine Geste gesetzt, die ihn mehr als nachdenklich gestimmt hatte.

Es war ihm klar geworden, daß das Reich im jetzigen Umfang nicht durch eine einzige Person regierbar war, zu unterschiedlich erwiesen sich die Interessen seiner, sich im wesentlichen auf zwei geschlossene Gebiete beschränkenden, Teile. Wahrscheinlich sollte man in Zukunft die Erbschaften der beiden Großväter wieder trennen: sein Sohn Philipp könnte den reichen, westlichen Teil übernehmen, der nicht nur Kastilien und Aragon umfaßte, sondern ihm auch den Nutzen der neuen Kolonien sicherte, während Bruder Ferdinand mit den Stammländereien und mit der vermutlich leicht erringbaren deutschen Kaiserwürde bestens bedient wäre.

Es schien ihm, je früher eine solche Aufteilung vor sich gehen würde, umso eher hätte er selbst noch Aussichten, dem Leben angenehme Seiten abzugewinnen. Worin, zum Teufel, fragte er sich selbst, hat den bisher mein Leben bestanden? Aus Herumziehen mit einem Troß unzuverlässiger Hofschranzen, aus dem Verschlingen kalter Braten, weil die Zeit nicht für Besseres reichte, aus zufälligen Weiberbekanntschaften zum Zwecke schneller, sexueller Bedürfnisbefriedigung. Wieviele kleine Landadelige, Dämchen, hatten wohl für eine knappe

Stunde oder noch kürzer, sein Bett geteilt? Oder zumindest das, was sein Quartiermeister als Schlafstätte bereitzustellen im Stande war. Manches Mal ging das eine in das andere über. Vor oder kurz nach einer Schlacht etwa, zu Gelegenheiten jedenfalls, bei denen Freßorgien in Herumvögeleien endeten. Ja, das war der eigentliche Inhalt seines Lebens während der letzten 25 Jahre gewesen! Vielleicht der einzige Luxus, den er sich selbst gestattete, bestand in seiner Hofmusikkapelle, die ihm überall hinzubegleiten hatte, und die vermutlich nun dem Moritz von Sachsen zu Diensten stand.

6

Gewiß doch – und damit meldete sich wieder der Optimismus in ihm – gewiß doch, es hat auch angenehme Seiten seiner gesellschaftlichen Stellung gegeben. Mit seiner Gemahlin etwa verband ihn stets ein inniges, auf gegenseitiges, politisches Vertrauen aufgebautes Verhältnis. Sie, die dem portugiesischen Königshaus entstammte, stellte für ihn einen der wenigen Ruhepunkte in seinem Leben dar. Vor allem aber mit der schönen Clara Blomberg verband ihn in den letzten Jahren eine aufregende Beziehung. Clara war eine überaus schöne Frau, ja fast beunruhigend schön, er schätzte sich glücklich, daß sie bereit war, mit ihm, einen bereits älteren Mann, ein kaum legalisierbares Verhältnis aufzunehmen. Sie, die unter so vielen Eheangeboten auswählen hätte können, gebar ihm sogar einen Sohn, den er, so hatte er es ihr versprochen, beabsichtige, seinen legalen Kindern weitgehendst gleichzustellen.

Doch noch stand seine Erziehung zu einem akzeptierten Vertreter des Hochadels aus. Als Don Juan d'Austria hatte er nicht nur die höfischen Umgangsformen zu erlernen, sondern auch die Kriegskunst in allen ihren Facetten. Diesen Juan werde er fördern, nahm er sich fest vor, und seinen Sohn Philipp endlich verheiraten, am besten mit Maria von Tudor, dann wäre nämlich die Klammer um Frankreich endlich vollständig. Bestenfalls zwei Jahre sollte es noch dauern, bis er sich – zu einem geeigneten Zeitpunkt – aus allen Regierungsgeschäften und Ämtern zurückziehen werde können. Vielleicht sogar in ein Kloster, der Muße halber. Besser noch in einem abgetrennten Teil eines Klosters, umsorgt von einem hervorragenden Koch und versehen mit einem wohlbestückten Weinkeller, schließlich hatte er 25 Jahre an versäumten warmen Speisen nachzuholen.

Er stand auf, um wieder in das Tal zurückkehren, zu den wenigen ihm verbliebenen Getreuen. Sein Blick fiel auf den steilen Hang, den die Salzweiber zu erklimmen hatten. Unglaublich, dachte er, unglaublich, daß sich da oben ein alter Knappenfriedhof befinden soll. Vorsichtig nahm er den alten, bronzenen Armreifen aus seinem Sack: ein unverkennbares Zeichen vergangenes Ruhmes! Würde auch er bald der Vergessenheit anheimfallen? Cortez, fiel ihm ein, Cortez, der Eroberer riesiger Reiche im Westen, verstarb vollkommen mittellos in der Nähe von Sevilla nur wenige Jahre zuvor. Selbst der eiserne Pizarro konnte seinen Reichtum nicht halten: ihn hatte man bereits wesentlich früher in seinem Palast die Kehle durchgeschnitten. Das muß so um 1541 gewesen sein, versuchte er sich zu erinnern, kurz nach der Bestätigung der Jesuiten als selbstständiger Orden. Kein Mensch sprach heutzutage noch von Cortez oder Pizarro: die Bankhäuser von Sevilla hatten schon längst die Verwaltung der neuen Provinzen fest in ihre Hände genommen.

Dieser Armreifen, dieser alte Armreifen mit den eigenartigen Ornamenten, beschloß er, möge ihn für den Rest seiner Tage an die Endlichkeit menschlichen Ruhmes erinnern. *Algunos dicen que yo quiero ser Monarca del Mundo.* Verdammt, er selbst hatte dies behauptet, und nun stand er da, fast so mittellos wie Cortez, der, so wie er, Welten bloß zerstört hatte.

Der Huluppu-Baum

Lange, sehr lange, nachdem der Himmelsgott An sich mit Ki, der Göttin der Erde, vermählt und nachdem diese Ninlil und Enlil, die Gottheiten der Lüfte, geboren und Gräser, Sträuche, Bäume, allerlei Getier und Menschen hervorgebracht hatte, wuchs an einem der Ufer des Euphrats auch ein kleiner Baum, ein Huluppu-Baum. Eines Tages jedoch verfing sich der Südwind in seinen Blättern und Ästen, entwurzelte ihn und ließ ihn mit den langsamen Wassern des großen Flusses hinabgleiten. Dort sah ihn Inanna, die Tochter der Mondgöttin Ningal und des Mondgottes Nanna, vorbeischwimmen. Sie, die Königin des Himmels und der Erde, zog ihn an Land und pflanzte ihn in Mitten eines wunderbaren Gartens ein.

Die Jahre vergingen, der Huluppu-Baum wuchs und wuchs. In seinen Zweigen nisteten Vögel, die Inannas Garten mit Gesang erfüllten; in seinen Ästen bauten Schlangen Häuser, Schlangen, deren tote Häute wie ein bunter Regen zu Boden rieselten. In ihm wohnten Tiere und Gottheiten, sein Stamm diente Lilith als Heimstätte, als Versteck auf ihrer Flucht aus einem anderen wunderbaren Garten, dessen alleiniger Bewohner, Adam, sie zu seiner Frau machen wollte. Sie hatte sich dagegen aufgelehnt: sie konnte den Gedanken nicht ertragen, unter ihm zu liegen, um wehrlos mit geöffneten Beinen seinen Körper zu empfangen. Sie duldete keine Unterwerfung, auch nicht bloß zu einem Geschlechtsakt.

Im Schatten des Huluppu-Baumes gediehen blühende Sträucher und Blumen: ein schwerer, süßlicher Duft lag über Inannas Garten. Dieser Duft und die Buntheit der Blumen lockten unzählige Vögel und Insekten an, deren Grillen, Schaben und Brummen zeitweise zu beachtlicher Lautstärke anschwoll. Eines Tages fielen Blätter vom

Huluppu-Baum: gelbe Blätter, die, fast tanzend im Wind, sich von diesem davontragen ließen. Innerhalb einer einzigen Woche stand er leer und kahl da, kein einziges Blatt bot nun Schatten für die um ihn wuchernden Blumen und Blüten: der Huluppu-Baum war gestorben.

2

Dieser Baum hier ist schon ein alter Herr, stellte sein Besitzer fest, ja, es ist in der Tat geradezu ein Wunder, daß ein Obstbaum, ein Marillenbaum, ein solches Alter erreicht, vermutlich zählt er bereits mehr als achtzig Jahre. Sehen Sie bloß seinen Stamm: man kann ihn selbst mit beiden Händen nicht umfassen! Sicherlich, im Laufe der letzten Jahre hatte er sich von einigen seiner Äste trennen müssen, ganz einfach, weil ihm die Last der eigenen Früchte zu schwer geworden ist. Und dennoch, jedes Frühjahr, wenn er als einer der allerersten in Blüte steht, bin ich tiefbeglückt, daß er sich nicht wortlos von mir verabschiedet hat. Ich freue mich, daß er für ein weiteres Jahr den Mut aufbrachte, Blätter zu treiben und Früchte zu tragen.

Achtzig Jahre ist eine lange Zeit! Als junges, neugieriges Bäumchen sah er wohl alle Gärten voll von Gemüse- und Erdäpfelbeeten, selbst die kleinsten Flecken Gras hatte man umgegraben. Damals, kurz nach dem Ersten Weltkrieg, waren viele Menschen zu Selbstversorgern geworden. In der kurzen Zeit der Entspannung danach, nämlich bevor eine hausgemachte Diktatur die Menschen wieder verschreckte, hatte er seine Jünglingsjahre verbracht. Als dann die Bomben auf das Nazi-Wien fielen, duckten sich die Bäume und Sträucher ebenfalls. Rundherum brannte es, wie leicht hätten da auch Bäume in Flammen aufgehen können!

Es machte ihm nichts aus, in Zeiten zu blühen, in denen die Bewohner des Landes sich davor zu drücken begannen, über vergangenes

Unrecht zu sprechen. Eigentlich war er schon ein alter Herr, als ich ihn als Kind kennenlernte und ihn mit meinen Klettereien belästigte. Seit dieser Zeit sprechen wir miteinander, stumm, und dennoch verstehen wir uns. Sehr viel später habe ich ihm eine Schaukel für meine Kinder anvertraut. Sie waren ihm sicher gelegentlich zu laut, was ihn allerdings nicht davon abhielt, des öfteren großväterlich mit einem seiner Äste mitzuschwingen.

Sehen Sie, dieser einfache Baum hier hat mich mein ganzes bisheriges Leben begleitet, als stummer Freund, der im tiefsten Inneren seines Stammmes geschichtliche Erinnerungen gespeichert hat. Jeder einzelne seiner Jahresringe bezeugt diese Erinnerungen. Es mag für Sie vielleicht etwas eigenartig klingen, einen Baum zum Freund zu haben; einzugestehen, mit ihm zu sprechen; sich davor zu fürchten, daß er, der alte Herr, den nächsten Winter vielleicht nicht mehr überleben wird. Für mich jedenfalls ist die Vorstellung unerträglich, im Herbst ein letztes Mal seine gelbverfärbten Blätter zusammengerecht zu haben.

3

Als Inanna sah, daß ihr Huluppu-Baum verdorrt war, und mit ihm ihr Garten, weinte sie bitterlich. Doch all die Tränen, die bis an die Wurzeln ihres Baumes vordrangen, konnten ihn nicht mehr zum Leben erwecken. Also hieß sie Zimmerleute kommen und den Stamm in Bretter zersägen. Ihr Hochzeitsbett sollte aus diesen Brettern gezimmert werden, aus den Brettern ihres Huluppu-Baumes. Seine Krone, ordnete sie an, möge man mit Goldblech überziehen. Sie, verfügte sie, habe von nun an als die Krone der Königin des Himmels und der Erde einem überaus würdigen Zweck zu dienen.

Als nun das Bett fertig gezimmert und die Pölster mit feinem Leinen überzogen waren, entledigte sie sich aller Kleider und überantwortete sich dem Luxus ihres Bettes. In tiefen Schlaf versunken, verspürte sie den harzigen Duft ihres Huluppu-Baumes; die Erinnerung an das Brummen der Insekten in ihrem ehemals blühenden Garten ließ sie noch weiter in das Dunkle ihres Unterbewußtseins versinken. Und dort erkannte sie mit einem Male ihre eigene Bestimmung: als Göttin der Liebe schlechthin, als Fruchtbarkeitsgöttin ihrer Welt, als Trägerin und Erneuerin von Leben an sich. Inanna erwachte und bemerkte mit Erstaunen, daß sich im Schlaf dicke, weiße Tropfen an ihrem Geschlecht festgesetzt hatten, Tropfen eines Sekrets aus den Tiefen ihres Körpers, aus den Tiefen ihrer Vagina. Und sie verspürte die erwachte Festigkeit ihrer Brüste: eine seltsame körperliche Hitze hatte sie erfaßt.

4

Wissen Sie, sagte der Besitzer des Gartens, ich habe schon des öftern überlegt, was ich mit meinem Baum anfangen werde, sollte er einmal nicht mehr aus seinem Winterschlaf erwachen. Leider bin ich kein Künstler, kein Bildhauer, ich kann mir aber sehr gut vorstellen, seinen mächtigen Stamm für eine überlebensgroße Statue zu verwenden, vielleicht einen Menschen darstellend, mit vielen Köpfen, sozusagen als Wächter über zukünftige Generationen oder als Bewahrer leicht zu verdrängender Alltagsgeschichte. Ich kann mir aber auch vorstellen, seinen Stamm in zwei Teile zu zersägen, um daraus, in Anlehnung an Ernst Barlach, rächende Engel zu hauen. Rächende Engel, die über den Zeiten schweben oder das Ende von Epochen verkünden.

Der Gedanke, meinen Baum lediglich zu Brennholz zu verarbeiten, erschreckt mich, obwohl mir natürlich bewußt ist, daß viele seiner Äste genau dieses Schicksal zu erleiden haben werden. So ganz wird er jedoch nicht aus meinen Garten verschwinden, denn seine tiefliegenden Wurzeln werden nur sehr langsam zu Erde zerfallen. Sie können mir glauben, angenehm sind mir diese Überlegungen nicht: manches Mal komme ich mir fast wie ein Erbschleicher vor, so über sein Erbe zu verfügen, ohne zuvor mit ihm darüber gesprochen zu haben.

5

Inanna hatte sämtliche Höhen und Tiefen körperlicher Liebe erfahren, die salzigen Küsse des Hirtenkönigs auf ihrer Haut, die Willigkeit ihres Schoßes, seinen Körper aufzunehmen, zu empfangen, das Bedürfnis und den Zwang, ihre Brüste an ihn, an seine Brust zu pressen. Doch genau wie ein Tag zu Ende geht, hatte auch der Hirtenkönig, der König für einen einzigen Sommer, von ihr Abschied zu nehmen. Die Milch ihres Schoßes hatte das Land ernährt, nun galt es, wie die Sonne in das Dunkle hinabzusteigen, in die Dürre der Wüste, in die Kälte der Nacht. Sie gedachte ihres Huluppu-Baumes, seiner ehemals grünen Pracht, des harzigen Geruchs seines toten Holzes: Inanna begann, in die Welt des ewigen Dunkels zu gleiten.

Jedes Tor, das sie zu durchschreiten hatte, verlangte ihr einen weiteren Teil ihrer königlichen Würde ab. Sie schritt durch Schlamm, grauen Schlamm, der sich erst mit zunehmender Kälte zu verfestigen schien. Schließlich stand sie nackt und bloß Ereshkigal, der Herrin der unteren Bereiche, gegenüber. Diese musterte voll Neid und Eifersucht die überquellende Weiblichkeit ihrer Schwester, die ihre eigene, abstoßende Knochigkeit zu betonen schien. Ereshkigals kahler, übermäßig hervorstehender Geschlechtshügel schrie förmlich nach Rache, alles in ihr bebte vor Begierde, die schöne Schwester zu zerstören, ihr totes Fleisch an einen Haken an die Wand gehängt zu sehen. Und dennoch, in ihrem Inneren wußte Ereshkigal, daß Inanna und sie eigentlich eine Einheit waren, wie die zwei Alter einer Frau, wie deren Innerstes und Äußeres. Sie verspürte diesen Widerspruch, dem bisher lediglich Lilith entkommen war, indem sie sowohl der Liebe als auch dem Haß entsagt hatte.

Enki, der Gott der Weisheit, ließ Inanna nicht im tiefen Unteren verrotten, er gestattete ihr den Wiederaufstieg in die Welt des Lichtes und der damit verbundenen Farben. Von nun an allerdings hatte sie zu leben mit dem Wissen um beide ihrer Seiten, um ihre Schwester Ereshkigal in ihrem eigensten Inneren, um Fruchtbarkeit und Unfruchtbarkeit, um Frühjahr und Herbst, um Tag und Nacht, denn schießlich hatte Inanna sowohl als Abend als auch als Morgenstern immer wiederkehrende Zeiten des Glanzes und der Helligkeit zu verkörpern. Es wurde ihr mit einem Schlag – wieder einmal – bewußt, daß irgendwo an einem der Ufer des großen Flusses ein neuer, junger Huluppu-Baum wachsen würde. Ein Huluppu-Baum, der vielleicht dem Südwind trotzen und Lilith für eine Weile eine Bleibe bieten wird können.

6

Ich verspreche Ihnen, sagte der Gartenbesitzer, ich werde Sie im nächsten Frühjahr verständigen, wenn mein Baum beginnt, von neuem Blüten zu treiben. Sie werden sehen, fügte er hinzu, daß trotz der noch vorhandenen Dürre der anderen, um ihn herumstehenden Bäume, das strahlende Weiß seiner Blüten das vorsichtige Erwachen der Natur andeutet, ein Erwachen, das ja auch uns Menschen immer wieder erfaßt.

Das letzte Gedicht Jehuda Halevis

Nicht einmal der Name der Stadt, in der er sich gerade befand, fiel ihm ein. War es Jerusalem oder Tyrus? Oder lediglich eines der kleinen Städtchen auf dem Wege von Jerusalem zur Küste? Sehr wohl erinnerte er sich an das Haus, vor dem er zusammengebrochen war. Dorthin hatte man ihn offensichtlich gebracht, und nun lag er da, in einem von Holzläden vor schmalen Fenstern verdunkelten Raum. Die Dunkelheit störte ihn nicht wirklich, seine Augenlider fühlten sich ohnedies viel zu schwer an, um bloß vor sich herzustarren. Nicht behagten ihm allerdings die lauten Stimmen, die aus dem Nebenzimmer zu vernehmen waren. Sie störten ihn, weil sie sich mit den Stimmen in seinem Inneren vermischten, mit Stimmen, die ihm zugleich bekannt und dennoch fremd vorkamen. Schließlich erkannte er sie doch, diese lautlosen Stimmen, die zu ihm sprachen und die nur er zu hören schien: die helle Knabenstimme, zum Beispiel, das mußte seine eigene Kinderstimme sein, er hatte bloß ihren Klang vergessen.

Und diese Stimme führte ihn zurück, nach Toledo, in das Haus seines Vaters. Seltsame Erinnerungen drängten sich auf: der klobige Tisch, auf dem ständig Schriftrollen herumlagen. Die Sorgfalt und Bedächtigkeit, mit der diese behandelt wurden, hatten ihn schon als Kind fasziniert und in ihm den Eindruck erweckt, daß Wort und Schrift innig miteinander verbunden sind, daß das geschriebene Wort Schönheit, aber auch Zufriedenheit verströmen kann. Dann der kleine Hof vor dem Haus, der Patio; die Stiegen und Tore, die immer weiter sich verzweigende Gassen verbanden; Stiegen, die hinaufführten, Stiegen, die raschest den gewonnen Höhenunterschied wieder ausglichen.

Seine Erinnerungen an den Vater, an die Mutter, schienen in der Tat Kindheitseindrücken zu entstammen: das fast jugendliche Antlitz seines Vaters hatte alle nachfolgenden Bilder überlagert. Er hörte die Stimme seiner Mutter, eine frische, fröhliche Stimme, das Arabische, von ihr gesprochen, klang fast wie ein geträllertes Gedicht. Plötzlich fielen ihm die fast täglichen Streitereien um die Synagoge ein, die Josef ibn Schoschan im Begriffe stand, zu errichten. Hufeisenbögen, wie die Moschee zu Cordoba, sollten sie schmücken; ineinander laufende Steinreliefs; wie weit nach vorne stehende Weintrauben hatten die Verzierungen der Säulenkapitelle zu wirken, wie anläßlich des Erntedankfestes zur Schau gestellte, reife Früchte.

2

Er lächelte still vor sich hin: sehr viel später sollte er diesem Bauwerk eines seiner schönsten Gedichte widmen. Und dennoch, die Synagoge des Josef ibn Schoschan war nur Ausdruck der Bedeutung, die Toledo in zunehmendem Maße erfuhr. Toledo und Guadalajara: die kastilianischen Könige leiteten nunmehr die Geschicke der ehemals unabhängigen, arabischen Fürstentümer; Toledo und Guadalajara: die ersten Stationen auf der sich abzeichnenden christlichen Wiedereroberung Spaniens, der Reconquista.

Für die zahlreichen jüdischen Gemeinden hatte sich damals zunächst kaum etwas geändert, gedachte er jener Zeit, insbesondere der des umsichtigen Alfonso, ja, sie brachte sogar so manchen Vorteil mit sich. Vor allem hatte sich ein reger kultureller Austausch eingestellt. Er selbst gehörte als junger Mann durch etliche Jahre hindurch dem Umfeld des Hofes an, viel mehr noch: er liebte die Vielfalt der benutzten Sprachen, das Kastilianische, das Arabische, genauso wie die der alten hebräischen Gebete. Sie alle erinnerten ihn an seine Mutter, an die Art und Weise, wie sie fast singend Wörter hintereinandersetzte.

3

Nebenan wurden die Stimmen wieder lauter. Ein Fremder war offensichtlich angekommen. Vielleicht ein Abgesandter seines Freundes Abu-Said Ben-Chalton Halevi, der wie er Spanien verlassen und sich dann in Ägypten niedergelassen hatte? Oder gar von Abu-Mansur Samuel Ben-Chananja, dem Nagid zu Kairo? Wie konnten die bloß wissen, daß er sich hier, in diesem Haus, befand? In dieser Stadt? Daß er Hilfe benötigte?

Er mußte sich getäuscht haben, denn die Stimmen versanken wieder in Murmeln, ohne daß sich die Türe zu seinem Zimmer geöffnet hatte, ohne daß jemand an sein Lager getreten war, um ihn, Jehuda Halevi aus Toledo, ihn, den in aller Welt gefeierten Dichter und Philosophen, zu begrüßen.

4

Seine Gedanken kehrten zurück nach Toledo, zu den zuvor gesehenen Gassen, Stiegen und Toren. Das Bild seiner Arztpraxis entstand vor ihm. Sehr deutlich sah er vor sich das Regal mit den Heilkräuterbehältern und die Flaschen mit den verschiedensten Ölen, die man zum Anreiben von Salben benötigt. Vorzugsweise christliche Patienten hatten sich bei ihm eingefunden, viele von ihnen waren ihm seit seiner Zeit bei Hof wohlbekannt. Eine Zeitlang schien es sogar fast Mode gewesen zu sein, sich an ihn mit allerlei, zum Teil eingebildeten, Gebrechen zu wenden. Hofdamen suchten ihn bei Verdauungsschwierigkeiten auf, manche von ihnen wollten lediglich Schönheitspflaster, die vermutlich von gutem Geschmack zeugen sollten.

Damals hatte er begonnen, Gedichte zu schreiben, selbstverständlich zunächst ein bißchen angelehnt an die äußerst beliebten Reime des um einiges älteren Mose ibn Ezra. Allerdings, je länger er sich mit dem Durchkosten sprachlicher Malerei beschäftigte, umso heftiger wurde in ihm der Wunsch laut, das ihm so vertraute Judentum in einem anderen Zusammenhang zu sehen. Wahrscheinlich widerspiegelte sich in diesem Verlangen auch, die neugestalteten Beziehungen zum christlichen Norden, zu Kastilien, einzubeziehen. Als wohlbestallter Arzt und Apotheker, als Poet, dessen Bekanntheit sich mit Windeseile durch ganz Spanien verbreitet hatte, sah er sehr wohl die gewaltigen Veränderungen, die sich im Süden, aber auch im Norden des Landes, abzeichneten. In Al Andalus hatten die Almohaden, eine zunehmend dogmatisch werdende muslimische Sekte, die wohlgeordneten Kalifate erobert, in Kastilien begann sich langsam eine neue Art von Kirche zu bilden, die, von Okzitanien und Burgund beeinflußt, jegliche Toleranz über Bord zu werfen gewillt war. Überdies schienen sich wieder einmal Gerüchte um das baldige Erscheinen des Messias zu häufen. Das Jahr 1186 wurde vielfach genannt.

5

Plötzlich verschwanden diese klaren Erinnerungen, und er sah lediglich Umrisse von ihm wohlbekannten Gebäuden in verschwommenen Grüntönen vor sich. Mühsam öffnete er die Augen, um den vermeintlichen Schwindelanfall zu überlisten. Farben, fiel ihm ein, hatte er nicht immer mit der wörtlichen Beschreibung von Farben in seinen Gedichten gerungen? Stets fehlten ihm die richtigen Worte! Wie sollte er auch das sanfte Braungrau der Steine einfangen, die, gleichmäßig behauen, sich zu Häusern zusammenfügten? Wie deren äußerliche

Hitze im Sommer, und zugleich die Kühle, die sie in das Innere der Höfe verbreiteten?

Das dämmerige Licht, das ihn zur Zeit umgab, ließ wieder vormals Erlebtes auf ihn einstürmen: die fast triumphalen Reisen, die ihn durch die spanischen Lande führten. Wie einen Fürsten hatte man ihn, den von allen geschätzten und geliebten Dichter, aufgenommen und verehrt. Selbst seine umfassende, sehr kritische Auseinandersetzung mit dem Judentum, die er sorgfältig romanhaft verpackt hatte, lockte viele Interessierte an. Chozari, der Name seines umfangreichen Werkes, sollte an den Chazarenfürsten Bulan erinnern, an einen Heiden, der aus den drei großen Religionen schließlich das Judentum als den einzig richtigen Weg zu dem alleinigen Gott, dem Schöpfer aller Welten, auswählte. Ziemlich sorgfältig hatte er sich dazu mit den anderen Religionen auseinandergesetzt, vor allem auch mit den, sowohl im Christentum als auch im Islam vertretenen, platonischen Positionen, selbst Augustinus' Gottesstaat blieb ihm nicht unbekannt. Seinerzeit, zur Zeit des weisen Königs Alfonso, ließ man noch zahlreiche Übersetzungen aus dem Lateinischen und dem Arabischen anfertigen, um so den multikulturellen Anliegen seiner Herrschaft zu entsprechen. Für eine kurze Zeit schien es sogar, als ob es zu einem friedlichen Zusammenleben der drei Religionen in Spanien kommen würde. Doch dann verstärkten sich wieder die Machtbestrebungen militanter Gruppierungen im Norden und im Süden des Landes, erste antijüdische Pamphlete, wie El Cid, verfaßt als langatmiges Poem, vergifteten die Kontakte untereinander.

Der Wahn der Kreuzzüge hatte schließlich auch Spanien erfaßt: die Nachrichten aus Palästina erschütterten nachhaltig das Vertrauen in die Aufrichtigkeit der christlichen Nachbarn. Die Kämpfe zwischen den Türken und Franken schienen an Grausamkeit kaum mehr überbietbar: 1109 hatte Balduin, der selbsternannte König der Franken zu Palästina, die Stadt Tripolis erobert. Die Franken plünderten die Stadt, nahmen die Männer gefangen und verschleppten Frauen und

Kinder in die Sklaverei. Sämtlicher Besitz der Bewohner von Tripolis wurde konfisziert. Im selben Jahr ereilte ein ähnliches Schicksal die Stadt Beirut. Ob Balduin oder Tankred – die Mordgier der Franken kannte keine Grenzen. Alsbald berichteten arabische Geschichtsschreiber aber auch von der Falle, in die man Roger von Antiochia gelockt hatte: an einem einzigen Tag war das fränkische Heer vernichtet. Bei der Einäscherung des Leichnams eines fränkischen Ritters habe man insgesamt 40 eiserne Pfeilspitzen in seiner Asche entdeckt.

All diese Berichte trugen zu einer weiteren Radikalisierung im islamischen Süden und im christlichen Norden bei. Und die zahlreichen jüdischen Gemeinden gerieten zwischen die Fronten. Viele begannen, das Land zu verlassen. Im Norden zunächst noch freiwillig, im Süden auf Druck der neuen Machthaber. Als er schließlich zu seiner Palästinareise aufbrach, waren die Vorbereitungen zu einem weiteren Kreuzzug längst angelaufen. Selbst der König zu Deutschland, wie die arabischen Nachrichten lauteten, habe sich diesem Unterfangen angeschlossen.

6

In Kairo angekommen, konnte er sich zunächst kaum der überschwenglichen Gastfreundschaft seiner Freunde erwehren: immer wieder mußte er seine Gedichte einer verzückten Zuhörerschaft vortragen. Der Nagid von Kairo, ein Jude, der es zu allerhöchsten Ehren gebracht hatte, bestand sogar darauf, daß er bei ihm, in seinem Palast, wohne. Es erwies sich als gar nicht so leicht, aus Kairo fortzukommen, die Sorgen seiner Freunde über seine Reisepläne nach Palästina zu zerstreuen. Das angenehme Leben im Palast des Nagid, deswegen hatte er nicht seine Heimat verlassen, sein Haus in Toledo. Er wollte die noch erhaltenen Mauern des Tempels in Jerusalem sehen, deren Steinblöcke mit seinen Händen angreifen, um zu fühlen, ob noch Leben in ihnen wohne. Megilla und Jericho beabsichtigte er zu besuchen und die nahegelegene Grabhöhle des Abraham.

7

Wiederum unterbrach ein Schwindelanfall seinen Gedankenflug durch die Vergangenheit. Alles um ihn drehte sich, selbst das sofortige Aufreißen der Augen schien nicht zu helfen. Die Stimmen in ihm wurden lauter. Längst zurückgelassene Freunde, Verstorbene, trugen dazu bei, Erinnerungsbrocken hervorzukehren.

Was haben all die Erinnerungen überhaupt noch zu bedeuten? fragte er sich. In Jerusalem, das sich zur Zeit fest in den Händen der Franken befand, ließ man ihn nicht einmal in die Nähe des alten Tempels, ja, verspottet vom Pöbel, mußte er den Ort fast fluchtartig verlassen. Es reiche ihm wohl nicht, daß das Judentum tot sei, ließ man ihn wissen, er wolle auch noch sehen, seit wieviel Jahrhunderten. Als Unwissenden, als ungebildeten Heiden, behandelten ihn fanatisierte Mönche, die selbst kaum des Alphabets mächtig waren.

Seine Reise durch Palästina begleiteten niedergebrannte Dörfer, zerstörte Städte, Menschen, die sich in Höhlen zurückgezogen hatten. Stets wütete der Krieg in einem anderen, abgelegenen Teil der ehemals so friedlichen Provinz des oströmischen Reiches. Aber auch Türken und Araber mißtrauten einander und konnten sich nur gelegentlich zu gemeinsamen Aktionen gegen die Landräuber, gegen die Franken, aufraffen. Eine nicht enden wollende Kette von Gewalt und Gegengewalt schien das Leben in Palästina zu bestimmen.

Den spärlichen, ihm zur Verfügung stehenden Nachrichten entsprechend, war auch die alte Welt, seine ehemalige Heimat, auseinandergebrochen. Zwangsislamisierung bzw. erzwungene Christianisierung ließen die Juden in Scharen die Städte und Gemeinden verlassen, in denen sie bereits längst Wurzeln geschlagen hatten. Es hieß, viele von ihnen seien nach Ägypten, aber auch in den europäischen Teil des Osmanischen Reiches geflüchtet. Chosari blieb ein Wunschtraum, ein in die ferne Zukunft gerichteter Wunschtraum, so wie vermutlich das baldige Erscheinen des Messias.

8

Hier, jetzt, hier in diesem kleinen, verdunkelten Zimmer waren ihm lediglich seine Gedichte geblieben, seine Fähigkeiten, großes Erhabenes oder auch nur verborgen Schönes mit einigen wenigen Worten einzufangen. Seine Gedichte, seine Worte. Die konnte er immer noch spüren, sie vor sich sehen: ein dunkelblaues Meer, begrenzt von türkisgrünen Streifen mit weißen Rändern, hervorgerufen von den Schaumkronen der sich seit Ewigkeiten an Land brechenden Wellen. Ein strahlendes, helleres Blau, der Himmel, erhob sich darüber. In weiter Ferne, am Horizont, vermischten sich beide zu einem einzigen Blauton, zu jener Brücke zwischen Himmel und Meer, auf der er sich zu tanzen wähnte. Und er tanzte aus Freude, Teil dieses Blaus zu sein.

Und erst die Brücke von Besalu, die Zugang zur dortigen Judenstadt bot, erbaut mit den selben Steinen wie die Häuser selbst: das warme Steingrau, versank in der in unterschiedlichem Gelb verdorrten umgebenden sommerlichen Landschaft. Ja, so hatte er sie gesehen, die Brücke von Besalu, ihre mächtigen runden Bögen, die scheinbar die einzigen Konturen in diese Landschaft setzen. Diese Brücke, lud sie nicht ebenfalls zum Tanzen ein? Sie war genauso Teil dieser Erde wie die schneebedeckten Gipfel der Sierra Nevada, im Süden des Landes, ohne die die Zierlichkeit der Alhambra nicht bestehen könnte, ohne die es deren Gärten nicht gäbe. Die Erde, und was immer auf ihr existiert, hatte er einmal in einem Gedicht gemeint, sie ist der dritte Himmel. Ein Himmel, dessen vielfältige Schönheit zu stets neuen Lobpreisungen Anlaß geben sollte.

Was sollte er von nun an besingen? Jegliche Schönheit, Verzauberung, so wie er sie empfand, war anscheinend den gewaltsamen Umwälzungen zum Opfer gefallen: hier in diesem Land, in dem einst Abraham und Sarah an der Spitze ihrer Schafherden zogen; zu Hause, im ehemaligen gemeinsamen Land der drei großen Religionen.

Er richtete sich mühsam auf. Durch einen Seitenschlitz der Fensterläden sah er einen schmalen Streifen blauen Himmels. Sein Blau, sein Brückenblau, lächelte er zufrieden, ein von Menschen unabhängiges Blau, ein sich allen kriegerischen Auseinandersetzungen widersetzendes Blau! Und das Wasser der Berge rinnt auch über Leichen hinweg, über Ruinen, ungehindert von Zeiten, stets auf's neue hervorgerufen von immer wiederkehrendem Regen. Hatte der Herr nicht auch mit Hilfe von Regenbogen Moses durch die Wüste geführt? Wollte er vielleicht bloß auf all die Farben hinweisen, mit denen er die Welt, seine Welt, ausgestattet hatte?

Sehr müde sank sein Kopf wieder in den Polster, den man ihm hingelegt hatte. Regen, dachte er, den Regen kann man riechen: er verkündet Neues, neues Leben, Neubeginn. Der Regen fällt vom Himmel, vereinigt sich zu Bächen und Flüssen, die sich letztlich in das Meer ergießen, über dem neuer Regen entsteht, dort, wo sich sämtliches Blau dieser Welt, das des Himmels und das der See, vereinigt.

Ich tanze, ich tanze vielleicht ein letztes Mal auf jener von Regenbogen getragenen Brücke, auf einer Brücke, die keine Vergangenheit oder Zukunft kennt, weil sie zeitlos neben den Zeiten der Menschen besteht. Ich tanze, murmelte er noch einmal, bevor sich seine Lippen für immer verschlossen.

Arnolfini oder die Faszination gespiegelter Spiegel

In seinem berühmten Hohlspiegelselbstportrait hat Parmigianino seinen manieristischen Ansprüchen besonderen Ausdruck verliehen: er sieht sich nicht grotesk verzerrt, sondern stellt lediglich seine, nach hinten und zum Rand hin verbogenen Gesichtszüge dar. Parmigianinos Bild, rund und klein, verleugnet das mehr als deutliche Interesse der Renaissance an genauer Perspektive am fast wissenschaftlichen Festhalten von Realität. Er verweigert dieses Interesse, er läßt sich vom Spiegel verführen, er sieht sich selbst, einen eleganten jungen Mann in den weichen, aufgelösten Konturen eines sanft gekrümmten Hohlspiegels.

Unbemerkt rückwärts schauen zu können, erfordert Erfahrung in der Beurteilung imaginärer Distanzen, von Abständen, die eben nicht dreidimensional auflösbar sind. Sich selbst sehen, aus einer dem Gesichtsfeld abgewendeten Richtung – der Haarschnitt am Hinterkopf, eine Frisur ebendort – bedarf sogar der Verwendung eines zweiten Spiegels: das im Spiegel gespiegelte Bild vermittelt so Realität, Vertrautheit mit dieser Realität, das indirekte Bild einer erwarteten Realität.

So gesehen, hilft ein Spiegel, anderwärtig nicht erfahrbare Dimensionen zu erfassen. Und genau die hat van Eyck in seinem Doppelporträt Arnolfini festgehalten, indem er an der Wand im Hintergrund einen Spiegel postiert. Das Spiegelbild ergänzt die fehlende Dimension der umgekehrten Richtung. Van Eyck bedarf keines Manierismus, keiner zusätzlichen Verfremdung: mit dem Spiegelbild und der Verwendung von Perspektive hat er fast eine Überbestimmung räumlichen Empfindens erreicht.

Sowohl van Eyck als auch Parmigianino machen meisterlich von der Tatsache Gebrauch, daß eine blanke Oberfläche räumliche Spiegelungen hervorruft. Eine räumliche Spiegelung, die bildlich darstellbar ist. Nicht so eine zeitliche Spiegelung: sie scheint der Erfahrung einer in eine Richtung fortschreitenden Zeitfolge zu widersprechen. Sie ist nicht bildlich darstellbar, sieht man von einem Aneinanderreihen räumlich unabhängiger Bilder ab. Und trotzdem hat zeitliche Spiegelung Gewaltiges zu leisten: sie ist das Prinzip der Erinnerung, aber auch von Träumen nach vorwärts und nach rückwärts. Erinnerungen sind so "gesehen" wie der Konvexspiegel des Parmigianino, rund abgebogen und weich in den Konturen, und können in Träumen nach rückwärts übergehen, wenn die Krümmung des Zeitspiegels keine scharfen Bilder mehr erzeugen kann.

Ohne Spiegel sind weder Raum noch Zeit erfahrbar. Raum- und Zeitspiegel verwischen die Grenzen von Rationalität und Irrationalität: das gespiegelte Bild ist zugleich rational und irrational, so wie die Geschichten in diesem Buch. Geschichten vermögen zeitliche Distanzen zu überbrücken, abzukürzen, aufzulösen. Die Unebenheit der Reflexionsflächen vermittelt Farbigkeit durch Unschärfe, eine Nähe zu weitentfernten Zeiten und Personen in merkwürdig entstellter Schrillheit, eben jene Imagination – Verbildlichung – einer schwer vorstellbaren Wirklichkeit, die sich beharrlich Alltagserfahrungen entzieht.

Inhalt: